Klarant Verlag

AF287100

Thorsten Siemens lebt mit seiner Frau und beiden Kindern in Sande / Landkreis Friesland. Als gebürtiger Ostfriese (Emden) schreibt der Autor mit Vorliebe spannende Krimis, die sowohl in seiner alten, als auch in seiner neuen Heimat spielen. Seine Begeisterung für die Bewohner der ostfriesischen Halbinsel und deren einzigartige Kulissen finden sich in seinen Friesland-Thrillern und Ostfrieslandkrimis wieder. Genau richtig für die Leser, die den ostfriesischen Charme und Lokalkolorit lieben!

Thorsten Siemens

Tod in Emden

Ostfrieslandkrimi

Klarant Verlag

Copyright © 2019 Klarant GmbH, 28355 Bremen
Klarant Verlag, www.klarant.de – www.ostfrieslandkrimi.de
ISBN: 978-3-95573-972-0
1. Auflage 2019
Umschlagabbildung: Klarant Verlag

Prolog

Ungewisse Zukunft

Kuschelbedürftig schmiegte Hedda ihren Kopf an Ennos breite Brust. »Wie es Renke und Okka wohl geht? Ob sie nach all den Ereignissen jemals wieder glücklich zusammenleben können?« Sie seufzte. Am liebsten wäre sie noch einmal nach Norddeich gefahren, um nachzusehen, wie es den beiden ging. Okka hatte so fest an die Unschuld ihres Freundes geglaubt, und das, obwohl er sie noch kurz zuvor mit dem späteren Mordopfer betrogen hatte. Sie hatte es einfach verdient, glücklich zu werden.

Gedankenverloren zuckte Enno mit den Schultern. »Keine Ahnung«, murmelte er.

Ein Blick in sein Gesicht genügte, und Hedda wusste genau, wo er mit seinen Gedanken gerade war. »Du denkst an morgen, oder?« Automatisch schaute sie zu dem kleinen Handy hinüber, das ihnen Jörg, der Leiter der Geheimeinheit, auf dem Norder Pfingstmarkt zugesteckt hatte. Bei ihrem letzten Abschied hatte er ihnen für den morgigen Tag seinen Anruf angekündigt.

Enno nickte. »Ich kann an nichts anderes denken«, antwortete er schwermütig.

»Geht mir auch so!« Sie beugte sich zu ihm hinüber und gab ihm einen Kuss auf die von Sorgenfalten zerklüftete Stirn.

Beide wussten einfach nicht, was sie antworten sollten, wenn Jörg sie morgen nach ihrer Entscheidung fragen würde. Sollten sie wirklich ihr bisheriges Leben aufgeben, wegziehen und Scheinberufe annehmen, nur um zukünftig Teil einer Geheimeinheit zu sein, die sich um die Fälle kümmerte, die für die Polizei zu schwierig oder gar zu gefährlich waren? Hatten sie in ihren jungen Jahren denn nicht schon genug Leichen gesehen?

Mit zusammengepressten Lippen schaute Hedda ihren Freund an. Hinsichtlich ihrer eigenen Entscheidung hatte sich bei ihr in den letzten Tagen zumindest eine Tendenz entwickelt, aber sie scheute sich davor, ihm davon zu erzählen. Ihrer Meinung nach hatte er nämlich viel mehr zu verlieren als sie, und deshalb wollte sie ihn keinesfalls beeinflussen.

»Du weißt, wie sehr ich die langweilige Polizeiarbeit auf dem Land in letzter Zeit gehasst habe«, begann Enno plötzlich, seine Gedanken mit ihr zu teilen. »Aber ich kann doch mein sicheres Beamtenverhältnis nicht für ein ungewisses Abenteuer kündigen. Jörg hat doch selbst gesagt, dass Ostfriesland als Testregion ausgewählt worden ist, weil hier nicht so viel passiert. Nachher muss ich Tag für Tag in einem langweiligen Tarn-Job verbringen, ohne dass jemals etwas Aufregendes geschieht. Da könnte ich genauso gut Polizist bleiben! Dann hätte ich zumindest eine sichere berufliche Zukunft als Beamter.« Er machte eine kurze Pause. »Wenn wir wenigstens nicht wegziehen müssten, dann wäre meine Entscheidung vielleicht schon längst gefallen.«

Hedda legte ihm eine Hand auf das Knie. »Ich weiß, was du meinst. Aber ich befürchte, dass Jörg über diese Punkte nicht mit sich verhandeln lässt. Er will einfach, dass unsere wahren Identitäten keinerlei Verbindung zur Polizei aufweisen, damit dies bei zukünftigen Ermittlungen nicht zum Problem werden kann.«

»Das kann ich ja irgendwie auch noch verstehen, aber warum müssen wir aus Ostfriesland wegziehen? Glaubt er wirklich, dass in den nächsten Jahren zufällig ein Nachbar oder Arbeitskollege Teil unserer Ermittlungen werden könnte?« Enno schüttelte verständnislos den Kopf.

»Denk doch nur mal an den Fall meines Onkels. Ich hätte es vorher auch nicht für möglich gehalten, dass ausgerechnet er einmal das Ziel eines Mordkomplotts werden könnte«, gab Hedda zu bedenken.

»Für dich ist die Entscheidung ja auch leicht. Du musst nicht deinen Job aufgeben und deine Familie verlassen«, entgegnete Enno vorwurfsvoller, als er es eigentlich beabsichtigt hatte.

»Ich habe es leicht?«, entgegnete Hedda wütend. Sie richtete sich auf und setzte sich wieder auf ihre Seite des Sofas. Auch wenn sie selbst glaubte, dass Enno eine schwierigere Entscheidung zu treffen hatte, war ihre eigene Wahl dennoch alles andere als leicht. »Ich muss Willm auch alleine lassen. Nach allem, was wir zusammen durchgemacht haben, ist unser Verhältnis noch enger geworden.«

»Aber er hat doch jetzt Doris«, entgegnete Enno trotzig.

»Das stimmt schon. Trotzdem fällt mir das nicht leicht!« Hedda gab sich große Mühe, ihre aufsteigende Wut zu unterdrücken und die Diskussion möglichst sachlich fortzusetzen. Ein Streit in der jetzigen Situation würde ihnen nun wahrlich nicht weiterhelfen. »Ich verstehe, dass du mit der Kündigung deines Jobs eine Menge zu verlieren hast. Aber ganz so einfach habe ich es da auch nicht. Ich

6

mag die Arbeit im Bestattungsinstitut und ich glaube, dein Vater rechnet mittlerweile fest damit, dass ich bei ihm eine Ausbildung beginne und irgendwann den Betrieb übernehme. Hast du daran schon mal gedacht?«

Mit großen Augen schaute Enno sie an. »Verdammt, daran habe ich noch überhaupt nicht gedacht. Das können wir meinem Vater nicht antun. Er war schon so enttäuscht, dass ich lieber zur Polizei gegangen bin, als in seine Fußstapfen zu treten. Wenn ich jetzt diesen Job kündige, um irgendwo irgendwas anderes zu machen, wird er die Welt nicht mehr verstehen. Außerdem wird er stinksauer auf mich sein, weil er glauben wird, dass du nur deshalb nicht in sein Bestattungsinstitut einsteigst, weil du mit mir zusammen umziehen musst.« Er stöhnte unzufrieden auf. »Wenn wir doch wenigstens mit unseren Familien über die Geheimeinheit sprechen dürften.«

Hedda seufzte. Auch sie beschäftigte der Gedanke, Ennos Vater zu enttäuschen, am meisten. »Was hältst du davon, wenn wir einen Spaziergang machen und an der frischen Luft noch einmal alle Pros und Kontras durchgehen?«

Enno nickte. »Das ist eine gute Idee.« Er sprang vom Sofa auf, reichte Hedda die Hand und zog sie zu sich heran. Dann umarmte und küsste er sie. »Weißt du eigentlich, wie sehr ich dich liebe?«

»Ich liebe dich auch«, flüsterte Hedda glücklich und gab ihm einen innigen Kuss.

Plötzlich klingelte es. Erschrocken drehten beide ihre Köpfe in die Richtung, in der das kleine Handy lag, das der Geheimdienstleiter ihnen gegeben hatte. Bewegungsunfähig standen sie eng umschlungen da. Wieso klingelte es bereits jetzt? Jörg wollte doch erst morgen eine Entscheidung von ihnen haben.

Hedda löste sich als Erste aus ihrer Schockstarre und griff nach dem Mobilfunkgerät. »Moin«, sprach sie unsicher in den Hörer. Sie wusste zwar, dass eigentlich nur Jörg am anderen Ende der Leitung sein konnte, aber der verfrühte Anruf irritierte sie doch sehr.

»Moin Hedda, ich bin's, Jörg. Ist Enno auch bei dir?«

»Ja«, sagte Hedda zögerlich.

»Seid ihr alleine?«

»Ja, Ennos Vater ist gerade auf einer Beerdigung.«

»Okay, dann stell mich mal bitte auf den Lautsprecher.«

Hedda nahm das Handy vom Ohr, betrachtete die kleine Tastatur und aktivierte schließlich die Freisprechfunktion.

»Moin Jörg«, sagte Enno, um seinem mutmaßlichen neuen Boss zu signalisieren, dass er jetzt mithören konnte.

»Moin Enno!« Die Stimme des Geheimdienstleiters klang freudig erregt. »Ich weiß, ich wollte euch eigentlich erst morgen anrufen, aber ich habe Neuigkeiten, die eure Entscheidung vielleicht leichter machen.«

Hedda und Enno schauten sich überrascht an. Sie waren gespannt, welche neuen Informationen Jörg für derart wichtig hielt, dass er sie nicht mehr bis morgen für sich behalten konnte.

Die Stille am anderen Ende der Leitung irritierte den Geheimdienstleiter. »Ihr habt euch doch noch nicht entschieden, oder?«, fragte er deshalb beunruhigt nach. Es war ihm wirklich wichtig, Enno und Hedda für sein Team zu gewinnen.

»Nein, wir haben gerade noch darüber gesprochen, aber entschieden haben wir uns noch nicht«, antwortete Hedda.

»Sehr gut, dann passt jetzt mal auf, was ich für euch habe.« Er machte eine bewusste Sprechpause, um die Spannung noch weiter zu steigern. »Ich habe mich ein wenig um eure berufliche Zukunft gekümmert. Wer will zuerst?«

Wieder schauten Hedda und Enno sich fragend an.

»Lady's first!«, entschied Enno schließlich und zwinkerte Hedda aufmunternd zu.

Beide konnten hören, wie Jörg am anderen Ende der Leitung einmal tief Luft holte.

»Gut, dann fangen wir also mit Hedda an. Vorweg möchte ich dich bitten, mir ganz bis zum Ende zuzuhören, bevor du dich zu meinem Angebot äußerst.«

»Okay!« Vor lauter Aufregung hatte Hedda damit begonnen, ihren langen Pony um ihren Zeigefinger zu wickeln.

»Ich habe den Beginn deines Kriminalromans an einige Verlage geschickt …«

»Du hast was?«, schrie Hedda aufgebracht. Ihr Versprechen, Jörg zunächst komplett ausreden zu lassen, war bereits nach wenigen Worten vollkommen vergessen.

»Du wolltest mich doch erst aussprechen lassen«, erinnerte sie deshalb der Geheimdienstleiter.

»Das war, bevor ich wusste, dass du meinen PC ausspioniert und meine intimen Aufzeichnungen ungefragt an irgendwelche Verlage weitergereicht hast«, konterte Hedda wütend.

Jörg gab ihr einen Moment, um sich ein wenig abzureagieren. »Zunächst einmal habe ich die Datei nicht an irgendwelche Adressen weitergegeben, sondern nur an renommierte Verlagshäuser. Und außerdem haben wir deinen Computer nur zu der Zeit untersucht, als wir noch überprüft haben, ob ihr euch als neue Teammitglieder eignet.« Wieder holte er tief Luft. »Willst du denn überhaupt nicht wissen, wie die Reaktionen auf dein Manuskript waren?«

Hedda schluckte ihren Ärger hinunter. Durch ihre neue Beziehung zu Enno und die ganzen Mordfälle der vergangenen Monate hatte sie schon fast vergessen, dass sie doch eigentlich einen Kriminalroman schreiben wollte. Jörgs Anruf wirkte in dieser Hinsicht wie ein Codewort, das sie aus einer tiefen Hypnose zurück in die Realität geholt hatte. Sie musste zukünftig unbedingt wieder an ihrem Traum vom ersten Roman arbeiten.

»Und, wie waren die Reaktionen?«, fragte sie und versuchte dabei, ihre Neugierde mit einer gehörigen Portion Trotz zu verbergen.

»Wir haben das Manuskript an vier Verlage geschickt. Von zweien haben wir noch keine Antwort bekommen, und von einem haben wir die Mitteilung erhalten, dass sie, aufgrund der Vielzahl an Einsendungen, zurzeit keine Manuskripte mehr annehmen.«

Enttäuscht ließ Hedda die Schultern hängen. Aufmunternd streichelte ihr Enno über den Rücken.

»Aber der vierte Verlag …«, setzte Jörg plötzlich seinen Bericht fort.

Hedda und Enno schauten gebannt auf das Handy.

»Die wollen dich unter Vertrag nehmen!« Jörgs Stimme klang jetzt wieder so aufgeregt wie am Anfang des Telefonates. Man könnte fast glauben, er habe gerade die Nachricht bekommen, dass sein Buch veröffentlicht werden sollte.

»Und um welchen Verlag handelt es sich dabei?«, fragte Hedda skeptisch nach. Ausgerechnet in diesem Moment fiel ihr ein, dass sie ja auch deshalb nicht mehr weitergeschrieben hatte, weil sie mit dem bisherigen Ergebnis selbst nicht zufrieden gewesen war. Sie fragte sich, welchen Text Jörg wohl überhaupt an die Verlage verschickt hatte.

»Es ist der Krimens-Verlag«, antwortete Jörg.

Hedda kannte den Verlag insbesondere daher, weil einige ihrer absoluten Lieblingsautoren dort unter Vertrag standen. »Wirklich?«, fragte sie ungläubig nach. Ihr Ärger über das Eindringen in ihre Privatsphäre war schlagartig verflogen.

»Auf meinem Schreibtisch liegt ein Verlagsvertrag über drei Kriminalromane«, bestätigte Jörg seine Aussage.

Hedda ballte die Fäuste und schickte einen stummen Jubelschrei in Ennos Richtung.

»Du müsstest allerdings unter einem Pseudonym schreiben und dürftest keine Fotos von dir veröffentlichen. Wenn du als Schriftstellerin zu bekannt werden solltest, könnten wir dich nämlich nie mehr undercover einsetzen«, gab der Geheimdienstleiter zu bedenken.

»Kann man denn davon leben?«, mischte sich jetzt auch Enno in das Gespräch ein und versetzte Heddas träumerische Euphorie sofort in einen sachlichen Sinkflug.

»Das hängt natürlich vom Erfolg der Bücher ab«, gab Jörg zu. »Aber für den unwahrscheinlichen Fall, dass du von deinen Tantiemen nicht leben kannst, wird Karsten dafür sorgen, dass du wenigstens so viele E-Books veräußerst, dass du ein auskömmliches Monatseinkommen hast«, sprach er mit verschwörerischer Stimme weiter.

Hedda erinnerte sich an den durchtrainierten Kampfsportler, der zudem ein wahres Computergenie war. Sicherlich war es ein Leichtes für ihn, mit irgendwelchen Fake-Accounts Käufe zu generieren. Aber wer würde diese bezahlen?

»Als Mitgliedern meiner Einheit steht euch ohnehin ein Grundeinkommen von 36.000,- Euro zu«, erklärte Jörg weiter, so als ob er Heddas Gedanken gehört hätte. »Je nachdem, wie viele Einsatztage ihr pro Kalenderjahr habt, wird dieser Betrag um Bonuszahlungen aufgestockt. Das Ganze wird dann am Jahresende mit dem Lohn aus euren vermeintlichen Hauptberufen verrechnet. Wie euch das Geld letzten Endes erreicht, lasst aber mal einfach unsere Sorge sein.«

»Okay«, willigte Hedda ein. Da sie bisher lediglich Schülerjobs gehabt hatte, klang bereits die Grundsumme für sie unermesslich hoch. Kurz dachte sie noch darüber nach, ob sie sich noch einmal über den Datenklau von ihrem Laptop echauffieren sollte, aber die Freude darüber, dass ihre bisherigen Schreibversuche einen renommierten Verlag überzeugt hatten, überwog im Moment einfach alles.

Auch Jörg merkte, dass er Hedda wieder auf seine Seite gebrachte hatte. »Dann kommen wir mal zu dir, Enno. Auch für dich habe ich einen Job gefunden, der dich zwischen den unregelmäßigen Einsätzen hoffentlich mehr begeistern wird als dein aktueller Polizeidienst.«

»Woher wisst ihr …«, begann Enno einen leichten Protest, brach ihn aber sofort wieder ab. Er würde sich wohl damit abfinden müssen, dass Hedda und er über Monate beobachtet und belauscht worden waren. »Da bin ich aber gespannt!«

»Du wirst zwar deinen Beamtenstatus zumindest offiziell aufgeben müssen, aber du bleibst im Öffentlichen Dienst. Ich habe für dich einen Job als Streetworker ausfindig gemacht.«

»Streetworker?«, fragte Enno skeptisch und schaute dabei seine Freundin unsicher an.

»Das passt perfekt zu dir. Denk doch mal an die vielen Leute, die auf die schiefe Bahn geraten sind und denen du in deiner Position als Polizist oft nicht mehr helfen konntest. Dafür war es in den meisten Fällen doch einfach viel zu spät. Als Streetworker setzt du jedoch genau dort an, wo du noch eine Chance hast, etwas zum Guten zu verändern. Du kannst auf diese Weise viele junge Leute auf die richtige Bahn lenken«, erklärte der Geheimdienstchef seine Überlegungen.

Klingt wirklich gar nicht so schlecht, dachte Enno. »Und wo bitteschön soll dieser Job sein?« Er vermutete noch immer irgendeinen Haken an diesem Vorschlag.

»Das ist ja überhaupt das Beste an der ganzen Sache. Ich habe ja gemerkt, dass es euch beiden sehr schwerfällt, aus Ostfriesland wegzuziehen. Aber in diesem Fall bleibt ihr zumindest auf der ostfriesischen Halbinsel.«

Hedda und Enno schauten sich fragend an, während Jörg erneut eine seiner spannungsgeladenen Sprechpausen einlegte. Durften sie jetzt etwa doch in Ostfriesland bleiben?

»Der Job ist in Wilhelmshaven. Der Strand, die Nordsee, das platte Land und die typisch norddeutsche Lebensart, all das werdet ihr auch dort finden. Und in unser Einsatzgebiet ist es nur ein Katzensprung. Ihr habt also so oder so nur einen kurzen Arbeitsweg.« Jörg lachte hörbar auf.

Wieder nahmen Hedda und Enno Blickkontakt miteinander auf.

»Können wir noch eine Nacht darüber schlafen?«, fragte Hedda und erntete dafür ein zustimmendes Nicken von Enno.

»Na klar, darum habe ich doch auch einen Tag zu früh angerufen. Besprecht euch in Ruhe. Ich werde mich morgen zur ursprünglich vereinbarten Zeit wieder auf diesem Handy melden.«

Kapitel 1

Neue Heimat

Draußen war es kalt und ungemütlich. Der Wind heulte und der Regen prasselte gegen die Fensterscheiben. Hedda und Enno saßen auf ihrem Sofa, umklammerten jeweils einen Becher Ostfriesentee und starrten gedankenverloren auf den Hafen hinaus. Sie hatten eine traumhafte Wohnung direkt am Bontekai in Wilhelmshaven gefunden. Die zwei Zimmer, eine Küche und das Bad verteilten sich auf gerade einmal 69 Quadratmetern. Da beide aber bis vor Kurzem noch in ihren Kinderzimmern gelebt hatten, fühlten sie sich in ihrem neuen Reich keinesfalls beengt. Ohnehin verbrachten sie jede freie Minute am liebsten eng umschlungen zusammen.

Durch die großen Fenster war die Wohnung besonders lichtdurchflutet. Im Wohnzimmer, das einen traumhaften Erker besaß, hatte Hedda sich eine kleine Leseecke eingerichtet, in die sie sich auch zum Schreiben zurückziehen konnte. Zur Südseite gab es einen Balkon, auf dem Hedda und Enno in ihrem ersten Wilhelmshavener Sommer schon so manche gemütliche Stunde verbracht hatten.

Hedda drehte ihren Kopf zu Enno, der unverändert nach draußen starrte und überhaupt nicht mitbekam, dass seine Freundin ihn mitleidig anschaute. *Woran er wohl gerade denkt?*, fragte sie sich. Dabei war sie sich fast sicher, dass er in Gedanken wieder einmal mit seinem Vater diskutierte.

Leider war alles genauso gekommen, wie sie es befürchtet hatten. Bento Frerichs hatte kein Verständnis für die Kündigung seines Sohnes und den damit verbundenen Umzug nach Wilhelmshaven gehabt. Außerdem war er überzeugt davon, dass Hedda nur wegen Enno auf eine sichere berufliche Zukunft als Bestatterin verzichtet hatte, um stattdessen ihr Glück mit brotloser Kunst zu versuchen.

»Kaum zu glauben, dass wir schon seit vier Monaten hier wohnen«, sagte Hedda, um Enno von seinen trüben Gedanken zu befreien.

Ertappt wandte Enno sich ihr zu. Er wollte seine Freundin nicht unnötig mit dem Streit zwischen seinem Vater und ihm belasten. »Kommt mir auch nicht so vor.« Er lächelte sie traurig an. Aufgrund der Streitigkeiten, die ihre beruflichen Zukunftspläne ausgelöst hatten, gab es zu beiden Seiten der Familie kaum noch, beziehungsweise keinen Kontakt mehr.

»Und wenn du deinen Vater einfach noch mal anrufst?«, schlug Hedda vor.

»Du weißt doch, wie oft ich das schon probiert habe.« Enno lächelte sie müde an. »Und das Ergebnis war jedes Mal dasselbe.«

»Ich weiß, er geht einfach nicht ans Telefon. Wie erwachsen unsere Erzeuger doch sind.«

Auch Heddas Eltern hatten sehr verärgert reagiert, nachdem sie ihnen mitgeteilt hatte, ihr Glück zukünftig als Schriftstellerin versuchen zu wollen. Es war ihnen schon damals schwergefallen, ihre Tochter nach dem Abitur ein Praktikum im Altenheim und beim Bestatter machen zu lassen. Vor allem Heddas Vater hätte es viel lieber gesehen, wenn sie stattdessen eine Ausbildung bei seiner Bank begonnen hätte. Ein Leben als Künstlerin entsprach aber überhaupt nicht dem Karriereplan, den sie eigentlich für ihre Tochter geschmiedet hatten.

»Deine Eltern reden wenigstens noch mit dir«, entgegnete Enno niedergeschlagen.

Hedda schnaufte verächtlich. »Auf diese Gespräche würde ich gerne verzichten. Sie versuchen unentwegt, mir meinen Traum von der Schriftstellerkarriere auszureden. Offensichtlich trauen sie mir nicht zu, eigenverantwortlich über mein Leben zu entscheiden. Weißt du, was meine Mutter letztens zu mir gesagt hat?«

Enno zuckte ahnungslos mit den Schultern.

»Sie hofft, dass wir beide niemals Kinder bekommen werden. Schließlich könnten wir die ja ohnehin nicht ernähren.«

»Was?« Fassungslos schaute Enno seine Freundin an.

Jetzt zuckte Hedda mit den Schultern. »Wenn sie doch nur wüssten, was wir wirklich tun«, sagte sie traurig. Sie wünschte sich wirklich, ihre Eltern würden sie mehr unterstützen.

»Ich glaube, dann wäre es auch nicht besser. Die würden uns mit ihren Sorgen genauso das Leben zur Hölle machen wie jetzt.« Ein trotziges Grinsen machte sich auf seinem Gesicht breit.

»Wenn sie sich wenigstens mal echte Sorgen um mich machen würden.« Hedda legte ihren Becher zur Seite, kroch zu Enno hinüber und kuschelte sich zwischen ihn und die Rückenlehne des Sofas. »Wir machen das, was für uns das Richtige ist. Die anderen werden es mit der Zeit schon noch verstehen.«

Enno seufzte. »Ich hoffe, du hast recht.«

Während Hedda seine breite Brust streichelte, schaute sie sich im Wohnzimmer um. Enno hatte ihr sowohl die Einrichtung als auch die Dekoration der Wohnung überlassen, die sie nahezu ausschließlich bei IKEA in Oldenburg gekauft hatten. Er war lediglich für das Schleppen der Kartons und den Aufbau der unzähligen Möbelstücke verantwortlich gewesen. In dieser Hinsicht war Enno ein typischer Mann. Während er beim Zusammenbauen flink und engagiert zu Werke gegangen war, wirkte er beim Einkauf eher lustlos und genervt. Besonders im Erdgeschoß des schwedischen Möbelkonzerns, in dem es unzählige nützliche, aber auch dekorative Einrichtungsgegenstände zu kaufen gab, hatte Hedda sich ein ums andere Mal gewünscht, ihn einfach im Småland ins Bällebad zu werfen. Wieso gab es in Möbelhäusern und Modeboutiquen eigentlich keine Wartezonen für Männer? Ein Fernseher und ein paar Videospiele würden doch schon genügen und die Damen könnten in aller Ruhe und ohne das ständige Augenrollen ihrer Partner shoppen gehen.

»Gefällt dir eigentlich, wie ich unsere Wohnung eingerichtet habe?«, fragte Hedda.

Enno drehte seinen Kopf zur Seite und grinste sie an. »Wie oft willst du mich das denn noch fragen?«

»So oft, bis ich dir deine Antwort auch glaube«, konterte sie und gab ihm mit der flachen Hand einen leichten Klaps auf den Brustkorb.

»AUA!« Ennos Grinsen wurde noch ein wenig breiter. »Ich finde, du hast unsere Wohnung sehr gemütlich und stilvoll eingerichtet.«

»Ja, ja.« Hedda schlug ihn ein weiteres Mal.

»Was soll das denn?«, protestierte Enno scherzhaft.

»Du sollst das ernst nehmen. Mir ist das wirklich wichtig.«

Jetzt drehte auch Enno sich auf die Seite, sodass ihre Nasenspitzen sich fast berührten. Er schaute ihr verliebt in die Augen und lächelte sie glücklich an. »Mir gefällt die Wohnung wirklich super, aber noch besser gefällt mir das Zusammenleben mit dir.«

Animiert von diesen Worten, machten Heddas Schmetterlinge mal wieder einen Ausflug in ihre Bauchregion. Sie legte eine Hand auf seine Wange und küsste ihn. »Ich liebe dich!«

»Ich liebe dich auch«, sagte Enno. »Wenn du jetzt nur noch ein wenig mehr Ordnung halten würdest …«

Weiter konnte er nicht sprechen, denn bereits im nächsten Moment hatte Hedda ihn vom Sofa gestoßen. »Das Zusammenleben mit mir bekommt dir wohl nicht. Du bist in letzter Zeit nämlich erstaunlich frech geworden«, rief sie mit gespielter Empörung. Tatsächlich hatten die zwei schon die eine oder andere Diskussion miteinander gehabt, da sie beim Thema Ordnung durchaus sehr unterschiedliche Auffassungen hatten. Doch Hedda fand keinesfalls, dass sie unordentlich war. Im Gegenteil, ihrer Meinung nach war Ennos Ordnungswahn fast schon krankhaft.

Enno rappelte sich vom Boden auf, packte Hedda unter den Armen und warf sie über eine seiner breiten Schultern. Seitdem er, auf Jörgs Anweisung hin, zweimal pro Woche zum Karate-Training ging, war er noch muskulöser geworden.

»He, lass mich sofort wieder runter«, protestierte Hedda, strampelte mit den Beinen und trommelte ihm mit den Fäusten spielerisch auf den Rücken.

»Zu Befehl!« Enno blieb vor ihrem gemeinsamen Bett stehen und warf sie schwungvoll auf die akkurat geglättete Bettwäsche. »Ich wollte dir nur zeigen, dass eine gewisse Form der Unordnung durchaus reizvoll für mich sein kann.« Er lächelte vielsagend, dann begab er sich per Hechtsprung zu ihr auf die Matratze.

***

Eine halbe Stunde später lagen sie nackt, erschöpft und glücklich unter der gemütlichen Bettdecke. Hedda hatte ihren Kopf auf seine Schulter gelegt und presste ihren Körper so nahe wie möglich an seinen. Sie mochte die Wärme, aber ganz besonders auch den Geruch, den er nach dem Sex verströmte.

Die gemeinsame intime Zweisamkeit hatte sie beide aus ihrem emotionalen Loch geholt. Sie brauchten nicht das Verständnis ihrer Familien. Alles was zählte, war, dass sie beide sich einig waren, auf dem richtigen Weg zu sein. Alle anderen würden es mit der Zeit entweder einsehen oder müssten es halt bleiben lassen.

»Wie läuft es eigentlich mit deinem Rap-Projekt?«, fragte Hedda.

Enno war bereits seit einigen Wochen als Streetworker im Einsatz. Er unterstützte dabei die beiden bestehenden Teams, die jeweils aus einem Pädagogen und einer Pädagogin bestanden, damit sie sich jederzeit auch um die geschlechtsspezifischen Probleme der

Jugendlichen kümmern konnten. Seine Aufgabe bestand dabei vornehmlich darin, den Dialog mit den Heranwachsenden zu suchen, die auf die schiefe Bahn zu geraten drohten. Mit seiner Erfahrung als ehemaliger Polizist konnte er ihnen dabei glaubhaft schildern, welche Konsequenzen ihnen blühten, wenn sie in ihrem Leben nicht doch noch die Kurve kriegten.

»Es läuft super. Alle Teilnehmer sind noch dabei und proben fleißig für ihren Auftritt. Ich hoffe nur, dass das Publikum die Botschaft auch verstehen wird.«

Enno hatte während seiner Tätigkeit fünf Pubertierende kennengelernt und diese im Laufe der Zeit von einem Musik-Projekt überzeugt, das er sich selbst überlegt hatte. Dabei ging es um ein Rap-Konzert, bei dem die Jugendlichen selbst geschriebene Lieder präsentieren sollten, in denen es um ihre Probleme, ihre Hoffnungen und Träume ging. Der gesamte Erlös sollte dafür verwendet werden, den Obdachlosen der Stadt ein Festmahl servieren zu können.

»Ich bin mir sicher, dass euer Konzert und die dahinterstehende Botschaft sehr gut ankommen werden«, sagte Hedda voller Überzeugung. Mit anzusehen, wie sehr sich ihr Freund in seinem neuen Job engagierte, erfüllte sie mit großem Stolz.

»Dein Wort in Gottes Ohr.« Enno drückte sich symbolträchtig selbst die Daumen. »Wie läuft es eigentlich mit deinem Roman? Kommst du noch gut voran?«

»Ich bin ganz zufrieden. Mit dem Wissen, dass das, was man Tag für Tag in den Laptop hämmert, auch tatsächlich verlegt und gelesen werden wird, geht mir das Schreiben tatsächlich viel leichter von der Hand. Ich habe schon die ersten fünf Kapitel fertig«, antwortete Hedda zufrieden.

»Musst du eigentlich jedes Kapitel einzeln an den Verlag schicken, sobald es fertig ist?«

»Nein, die wollen das Manuskript erst haben, wenn die Geschichte vollständig ist.«

Enno schaute sie überrascht an. »Aber was ist denn, wenn du gleich zu Beginn einen Logikfehler eingebaut hast, der sich am Ende auch nicht mehr korrigieren lässt? Dann war doch die ganze Arbeit umsonst.«

»Nun mach mir bloß keine Angst!« Erschrocken schaute sie Enno an. An diese Möglichkeit hatte sie noch überhaupt nicht gedacht.

Enno hatte schlagartig ein schlechtes Gewissen. Er wollte seine Freundin nicht beunruhigen. »Ach Quatsch, du hast die ganze Story im Vorfeld so gut geplant, da passiert bestimmt nichts. Ich dachte nur, so ein Verlag würde etappenmäßig die Qualität der in Arbeit befindlichen Geschichten kontrollieren wollen.«

Während Enno versucht hatte, sie zu beruhigen, war Hedda im Kopf noch einmal ihre Geschichte durchgegangen. Eigentlich war sie sich sicher, an alles gedacht zu haben.

»Deine praktischen Erfahrungen spielen sicher auch eine Rolle.« Enno machte eine Pause, um sich seine weiteren Worte zurechtzulegen. »Schließlich hast du mittlerweile ja mehr oder weniger aktiv an der Aufklärung dreier Mordfälle mitgewirkt. Diese Erfahrungen helfen dir beim Schreiben doch sicherlich ungemein, oder?«

Süß, wie er alles versucht, um mir die Unsicherheit wieder zu nehmen, die er mit seiner unbedachten Äußerung verursacht hat, dachte Hedda und musste bei diesem Gedanken glücklich schmunzeln. Ihr Freund war einfach der Beste. »Erfahrungen schaden natürlich nie, und Übung macht ja bekanntlich den Meister.« Frech grinsend schob sie dabei ihre Hand über seinen durchtrainierten Bauch immer weiter nach unten.

***

Gegen Nachmittag hatte es aufgehört zu regnen. Enno wollte für das Rap-Konzert noch einige Flyer verteilen. Der Erfolg des von ihm initiierten Projekts lag ihm wirklich sehr am Herzen, und daher opferte er auch gerne seine Freizeit dafür. Hedda bot ihm an, ihn zu begleiten und somit die Arbeit mit einem gemeinsamen Spaziergang zu verknüpfen.

Sie liefen am Wasser entlang in Richtung Jadeallee. Da es draußen zwar trocken, aber immer noch ungemütlich kalt war, trafen sie hier jedoch nur wenige Passanten an. Als sie am CaOs vorbeigingen und durch die Fenster des Cafés die Gäste sahen, die sich an einem heißen Getränk erfreuten und dabei vereinzelt auch ein Stück Kuchen aßen, spielten sie kurz mit dem Gedanken, ihrem Beispiel zu folgen.

»Vielleicht sollten wir unser Glück lieber in der Nordseepassage probieren. Dort treffen wir vielleicht auch eher die etwas jüngeren Leute. Oder kannst du dir vorstellen, dass die da …« Hedda zeigte auf ein altes Ehepaar, das händchenhaltend einige Meter vor ihnen lief.»… Rap-Musik hören?«

»Warum nicht?« Enno lachte. Die Vorstellung, dass seine Jungs vor einem Haufen hörgerätetragender Rentner auftreten würden, die während des Konzertes ihre künstlichen Hüftgelenke zum Glühen brachten, war einfach zu komisch.»Aber du hast recht. Ich wollte morgen auf jeden Fall auch noch einmal Flyer an der Jade Hochschule auslegen. Ich hoffe, dass sich ein Teil der Studenten entweder für die Musik oder zumindest für die Idee hinter dem Projekt interessiert.«

Während sie weiter am Wasser entlanggingen, schauten Enno nachdenklich auf das mehrstöckige ATLANTIC Hotel. Er wollte Hedda eigentlich noch einen Gutschein für ein Frühstück in dem Viersternehotel schenken und anschließend mit ihr noch ein paar entspannte Stunden im Wellnessbereich der Touristenherberge genießen. Doch durch die zeitraubenden Planungen des Konzertes war er bisher noch nicht dazu gekommen.

Schräg vor dem Hotel erstreckte sich die Wiesbadenbrücke in den Hafen hinein. Die künstlich aufgeschüttete Halbinsel, auf der früher eine Bekohlungsanlage, Lager, Gleise und Magazine für Schiffe untergebracht waren, verdankte ihren Namen dem im Juni 1916 in der Skagerrak-Schlacht gesunkenen Kreuzer Wiesbaden. Seit 2017 war sie jedoch eine große Baustelle, auf der ab 2019 unter anderem mehr als zweihundert barrierefreie Mietwohnungen entstehen sollen.

»Ob das Projekt ein Erfolg wird?« Hedda erinnerte sich an die Zeit zurück, in der sie und Enno eine Wohnung in Wilhelmshaven gesucht hatten. Beide kannten die Stadt bis dahin nur vom Namen und hatten keine Vorstellung über die Situation des dortigen Immobilienmarktes. Als sie dann mit den ersten Wohnungsbesichtigungen begonnen hatten, wurde ihnen schnell klar, dass die Stadt, die Anfang der Achtzigerjahre noch knapp 100.000 Einwohner zählte, doch sehr unter dem Rückgang ihrer Bevölkerung zu leiden hatte. Dennoch war sie mit ihren aktuell etwa 75.000 Einwohnern immer noch die mit Abstand größte Stadt auf der ostfriesischen Halbinsel.

»Nun ja«, antwortete Enno nachdenklich.»Wohnen am Wasser war schon immer sehr beliebt. Wir hätten uns doch schließlich auch für eine deutlich preisgünstigere Wohnung entscheiden können, haben aber stattdessen das Objekt mit der traumhaften Aussicht auf den Hafen gewählt.«

»Da hast du recht. Mir tut es nur für die übrigen Immobilienbesitzer leid. Weißt du noch, die schönen alten Mehrfamilienhäuser, die wir gesehen haben und die teilweise komplett leer standen?«

»Ja, ist wirklich schade drum. Aber vielleicht sorgt der JadeWeserPort in der Zukunft doch noch für einen Aufschwung in der Region. Wenn die Weltwirtschaft erst einmal wieder rund läuft, wird der einzige Tiefwasserhafen Deutschlands sicherlich noch einige Arbeitsplätze schaffen und damit die Stadt auch für weitere Zuzügler attraktiv machen.«

»Das wäre schön. Mir gefällt es nämlich ansonsten wirklich gut hier. Ich könnte mir durchaus vorstellen, mit dir hier alt zu werden.«

Enno blieb stehen, nahm sie bei den Händen, schaute ihr tief in die Augen und küsste sie. »Ich mir auch.« Das zufriedene Lächeln auf seinem Gesicht verriet Hedda, dass er diese Worte nicht einfach nur dahingesagt, sondern auch genauso gemeint hatte.

Als sie die Jadeallee erreicht hatten, bogen sie rechts ab, überquerten zunächst die Weserstraße, dann den Gotthilf-Hagen-Platz und zuletzt den Valoisplatz, um von dort aus direkt in die Nordseepassage zu gelangen.

Hedda mochte das überdachte Einkaufszentrum, in dem sie, auf der Suche nach neuen Klamotten, schon so manche Stunde verbracht hatte. »Vielleicht sollten wir uns aufteilen?«

»Gute Idee! Du nimmst die obere Etage und ich kämpfe mich durch das Erdgeschoss. Wir treffen uns dann am anderen Ende vorm Haupteingang wieder, okay?«

Sie gingen gemeinsam zu den Rolltreppen im hinteren Teil des Einkaufszentrums. Hedda küsste Enno und fuhr anschließend in das Obergeschoss hinauf.

»Aber nicht, dass du zwischendurch noch shoppen gehst!«, rief Enno ihr von unten hinterher, als sie gerade mitten auf der Rolltreppe stand.

»Gute Idee!«, rief Hedda zurück und streckte ihm dabei die Zunge heraus.

Von der oberen Etage aus konnte man das Treiben im Erdgeschoss beobachten. Durch mehrere Überbrückungen waren die linke und die rechte Seite des ersten Stockwerkes jedoch miteinander verbunden. Hedda entschied dennoch, auf der linken Seite zu beginnen, um erst am Ende umzudrehen und dann auf der anderen Seite zurückzugehen. So müsste sie zwar einmal im Kreis laufen, da unten aber deutlich mehr Kunden unterwegs waren als oben, würde Enno ohnehin deutlich länger brauchen als sie.

***

Nachdem sie bereits einige Flyer verteilt und auch ein paar nette Gespräche über das Rap-Projekt geführt hatte, war sie fast am Ende ihrer Runde angekommen. Als sie die Rolltreppe am Haupteingang gerade hinunterfahren wollte, kam in diesem Moment ein junger, sympathisch aussehender Mann die Rolltreppe hinaufgefahren.

»Darf ich dir vielleicht einen Flyer ...«, sprach Hedda ihn an, brach ihren Satz dann aber grinsend ab, da der junge Mann im selben Moment genau die gleichen Worte auch an sie gerichtet hatte.

»Im Synchron-Flyer-Verteilen wären wir wohl Weltmeister.« Der große, blonde Mann lächelte sie freundlich an.

An seinem Tonfall und an dem Glanz in seinen blauen Augen konnte Hedda genau erkennen, dass sie ihm gefiel. Auch sie hätte gerne einen Flirt mit ihm gewagt, wäre sie nicht bereits mit dem tollsten Mann auf Erden zusammen. »Kann sein ...«, entgegnete sie daher. »... aber ich habe in dieser Sportart schon einen Partner gefunden.« Sie neigte den Kopf leicht zur Seite und zuckte entschuldigend mit den Schultern.

»Schade!«, sagte der gut aussehende junge Mann und zeigte ihr dabei ein Lächeln, wie man es ansonsten wohl nur auf einem Werbeplakat für Zahnpasta zu sehen bekam. »Wollen wir trotzdem unsere Flyer tauschen.«

Hedda lachte. »Sehr gerne.« Sie reichte ihm ein Flugblatt und nahm ihrerseits einen seiner Handzettel entgegen.

Beide scannten mit einem flüchtigen Blick den Inhalt des jeweiligen Dokuments, schauten dann erschrocken auf und musterten ihren jeweiligen Gegenüber skeptisch. Sämtliche Anziehungskraft, die sie vor wenigen Sekunden noch aufeinander ausgeübt hatten, war augenblicklich verschwunden.

Konsterniert fuhr Hedda die Rolltreppe hinunter. Sie war dabei so in ihre Gedanken vertieft, dass sie überhaupt nicht bemerkte, dass Enno am unteren Ende bereits auf sie wartete.

»Der junge Mann scheint dich ja ganz schön beeindruckt zu haben«, sagte er, nachdem seine Freundin einfach an ihm vorbeigelaufen war.

»Sorry, ich war ganz in Gedanken.« Sie gab ihm einen flüchtigen Kuss.

»Wer war das denn? Muss ich mir Sorgen machen?« Im Gegensatz zu Hedda war Enno nicht besonders eifersüchtig. Aber dennoch gefiel ihm nicht, dass sein Altersgenosse scheinbar Eindruck bei seiner Freundin hinterlassen hatte.

»Was? Quatsch!« Hedda schüttelte energisch den Kopf. Ihre Umarmung und der darauffolgende Kuss unterstützen ihre Aussage.

»Was ist denn los? Du warst ja wie weggetreten.«

Wortlos reichte Hedda ihm den Flyer, den sie gerade von dem jungen Mann erhalten hatte.

Enno schaute sich das Flugblatt genau an. Während er es las, schüttelte er immer wieder verständnislos den Kopf. »Warum machen die das?«, fragte er, zerknüllte wütend den Flyer und warf ihn in den nahe stehenden Papierkorb.

Kapitel 2

Unter Mordverdacht

Am späten Nachmittag traf Enno am vereinbarten Treffpunkt ein. Ali, Ilias, Kaya, Tarek und Amar warteten bereits vor dem Eingang der alten Turnhalle, die vor einigen Jahren beinahe abgerissen worden wäre. Ein privater Investor hatte die Halle glücklicherweise kurz vorher erworben und vermietete sie seitdem für alle möglichen Veranstaltungen. Als er von Ennos Projekt erfahren hatte, hatte er ihm die kostenfreie Nutzung der Räumlichkeiten angeboten. Er verlangte lediglich, dass Enno und seine Jungs sich hinterher um die Reinigung des Veranstaltungsraumes und der Sanitäranlagen kümmern sollten.

Die Freunde kannten sich schon seit Jahren und waren gemeinsam in der Wilhelmshavener Südstadt aufgewachsen. Lediglich Ilias war erst vor zehn Monaten mit seiner Familie von Emden nach Wilhelmshaven gezogen, weil sein Vater dort einen Job bei LaMaTec – einem globalen Hersteller von Landmaschinen – bekommen hatte. Alle waren in Deutschland geboren und sprachen die Landessprache fließend. Ihre schulischen Leistungen variierten von unterdurchschnittlich bis sehr gut, aber keiner von ihnen hatte jemals eine Klasse wiederholen müssen. Trotzdem kümmerte sich Enno in seiner Funktion als Streetworker auch um sie. Denn sie wuchsen in einem Viertel auf, in dem überdurchschnittlich viele Menschen mit Anpassungsschwierigkeiten lebten. Durch diese prophylaktische Betreuung sollte verhindert werden, dass die falschen Leute Einfluss auf sie nehmen konnten. Außerdem würde eine Fortsetzung ihrer Erfolgsstory andere Kids im Viertel hoffentlich zur Nachahmung motivieren.

»Moin!« Enno begrüßte jeden aus der Clique mit dem Handschlag, den sich die Jungs selbst als Erkennungszeichen ausgedacht hatten. Es hatte ihn Wochen gekostet, von den Jugendlichen so akzeptiert zu werden, dass sie ihn in ihr Begrüßungsritual eingeweiht hatten. Seitdem hatte er tatsächlich das Gefühl, ein Teil ihres kleinen Bündnisses zu sein. Er zog einen Schlüssel aus der Hosentasche, schloss damit die Eingangstür auf und schaltete die Hauptbeleuchtung ein.

Als er zurück in den Veranstaltungsraum kam und auf die Bühne schaute, stockte er verwundert. Normalerweise hatte er zwischen den Jugendlichen den üblichen Streit darüber erwartet, wer als erster ans Mikrofon durfte, um seine Songs zu proben. Stattdessen standen die fünf Heranwachsenden dicht beieinander und schauten betreten zu Boden.

»Was ist denn los mit euch?« Er ging auf die Gruppe zu und gab Ali, dem inoffiziellen Anführer der Clique, einen freundschaftlichen Klaps auf die Schulter.

Ali blickte auf, schaute aber nicht Enno an, sondern gab stattdessen Tarek mit einem leichten Nicken ein Zeichen.

Tarek wühlte daraufhin in der Tasche seines Sweaters herum, fischte einen zusammengefalteten Zettel heraus und reichte ihn Enno.

»Was ist das?« Enno griff nach dem Stück Papier und faltete es auseinander. Ein flüchtiger Blick genügte, um zu erkennen, dass es sich um denselben Flyer handelte, der Hedda in der Nordseepassage zugesteckt worden war. Wütend zerknüllte er auch diesen Zettel und warf ihn anschließend auf den Boden.

»Du solltest dir das Scheißding wenigstens durchlesen«, reagierte Amar empört und bückte sich nach dem Papierknäuel.

»Das brauche ich nicht.« Enno legte Amar eine Hand auf den gebeugten Rücken und wies ihn mit einer Kopfbewegung an, sich wieder aufzurichten. »Der Dreck kann ruhig auf dem Boden liegen bleiben. Ich habe gestern schon ein Exemplar davon bekommen. Den Schund muss ich kein zweites Mal lesen!«

»Gestern schon? Und wann wolltest du uns davon erzählen?« Verständnislos verschränkte Kaya seine Arme vor der Brust.

»Ehrlich gesagt, habe ich noch gar nicht wieder darüber nachgedacht. Irgend so ein Spinner hat den Flugzettel meiner Freundin im Vorbeilaufen in die Hand gedrückt. Ich glaube nicht, dass ...«

»Du glaubst was nicht? Dass die paar Zettel zur Gefahr für unser Projekt werden könnten? Mach mal die Augen auf! Die Teile liegen mittlerweile in der ganzen Stadt herum. Diese Wichser von der TPK wollen uns fertigmachen.« Ali war mittlerweile so in Rage, dass seine Halsschlagader deutlich sichtbar hervorgetreten war.

»PTK«, berichtigte ihn Enno. »Die Abkürzung steht für Partei für Tradition und Kultur. Doch in Wirklichkeit sind das nur rechte

Spinner, die mit den Ängsten der Menschen spielen.« Er erinnerte sich noch gut an die PTK-Demonstration in Warsingsfehn, auf der er als Polizist auch noch dafür verantwortlich gewesen war, die Nationalisten zu beschützen.

»Mir doch egal, wie die Penner heißen«, wetterte Ali weiter. »Die verteilen Flugblätter mit Fotos, auf denen Weihnachtsmärkte zu sehen sind, die in diesem Jahr von Betonklötzen umstellt werden mussten«

»Da steht zwar nicht wortwörtlich drauf, dass die Leute nicht zu unserem Konzert kommen sollen, trotzdem habe ich genau das zwischen den Zeilen gelesen.«

Durch die hitzige Diskussion unbemerkt, hatte Kaya den zerknüllten Flyer vom Boden aufgelesen, auseinandergefaltet und glatt gestrichen. »ACHTUNG! Meiden Sie in der nächsten Zeit größere Menschenansammlungen. Dem Verfassungsschutz liegen Informationen vor, wonach aktuell mehrere Gefährder in unserem schönen Land selbst Veranstaltungen planen und organisieren, um dort terroristische Anschläge verüben zu können«, las er die Stelle vor, über die der Jugendliche sich so sehr aufgeregt hatte.

»Und jetzt erzähl mir bloß nicht, das wäre nicht auf unser Konzert bezogen. Wenn die Leute diesen Flyer lesen und danach von uns eine Einladung zum Konzert in die Hand gedrückt bekommen, dann kriegen die doch sofort Magenkrämpfe. Ich bin zwar in Deutschland geboren, aber das sieht man mir ja nun wirklich nicht an«, übernahm Ali wieder das Wort.

Enno atmete tief ein. Er spürte, wie die Stimmung immer weiter kippte. Irgendwie musste er die Jungs doch beruhigen können. »Das mag schon sein, aber das ist doch erst recht ein Grund, um weiterzumachen. Oder wollt ihr euch diesen hohlköpfigen Idioten etwa geschlagen geben?«

»Ich finde, er hat recht!«, sagte Ilias, der bis dato die Diskussion als stiller Zuhörer verfolgt hatte. Als Neuling der Gruppe hatte er stets seine eigene Meinung gehabt, während die anderen meist Alis Denkweise gefolgt waren.

Aus zusammengekniffenen Augen schaute Ali zunächst Ilias und dann Enno an. Es gefiel ihm offensichtlich nicht, dass einer seiner Leute sich quasi offen gegen seine Meinung positionierte.

»Sieht das hier noch jemand so?« Provozierend blickte er in die Runde. »Ich würde jedenfalls sagen, wir brechen das Ganze ab.

DIE … « Er sprach dieses Wort so verachtend wie möglich aus. »… wollen uns hier nicht. Warum also sollten wir auch nur irgendetwas für *SIE* tun?«

Erschrocken schaute Enno in die unsicheren Gesichter der übrigen drei Cliquen-Mitglieder. Dass dieses Gespräch derart eskalieren könnte, hatte er bis vor wenigen Sekunden noch für unmöglich gehalten. Doch jetzt ging es auf einmal um viel mehr, als nur einen bescheuerten Flyer. Ali fühlte sich von Ilias herausgefordert. Um seine Position in der Gruppe zu verteidigen, würde er sich wahrscheinlich deutlich von dessen Meinung abgrenzen, um so seine treuen Weggefährten zu einer Entscheidung gegen den Neuling der Gruppe zu nötigen. Enno wusste nicht, wie er reagieren sollte. Irgendwie musste er die Jugendlichen zu einem Konsens überreden. Andernfalls sah er das komplette Konzert in Gefahr.

Doch noch ehe Enno etwas sagen konnte, ergriff Ilias erneut das Wort und richtete sich direkt an Ali. »DIE?« Er betonte das Wort anders, als es sein Kumpel zuvor getan hatte, aber dennoch war klar, dass er auf dessen vorherigen Satz Bezug nahm. »Wer sind DIE? Gemäß den letzten Wahlen vertritt die PTK gerade einmal zehn Prozent der Bevölkerung.«

Ali lachte höhnisch auf. »Da hast du vielleicht recht. Aber trotzdem schaffen die es doch immer wieder, durch ihre Propaganda auch einen Großteil ihrer Nichtwähler zu verunsichern.«

Mit offen stehendem Mund verfolgte Enno die Diskussion der beiden Jugendlichen, deren Eltern bereits vor etlichen Jahren nach Deutschland gekommen waren. Er hatte in den letzten Wochen viel mit ihnen über die Sinnhaftigkeit ihres Projektes gesprochen, aber dass Ali und Ilias derart politisch interessiert waren, überraschte ihn jetzt doch ein wenig. War das vielleicht seine Chance, die beiden doch noch auf einen Nenner zu bringen?

»Ali hat recht!« Amar stellte sich symbolträchtig hinter seinen Anführer. Es war wenig überraschend, dass er sich seiner Meinung anschloss. Von allen aus der Gruppe war er der Einzige, der noch nie eine eigene Meinung geäußert hatte. »Mein Vater buckelt für den Mindestlohn bei einer Zeitarbeitsfirma und meine Mutter putzt für 400 Euro im Monat die Toiletten einer Diskothek. Kein Deutscher würde für die paar Euros so einen Scheiß-Job machen.«

»Da hast du wahrscheinlich recht, aber das hat doch jetzt überhaupt nichts mit unserer Aktion zu tun«, schaltete sich Kaya in die

Diskussion ein. »Im Gegenteil: Leute wie deine Eltern, die sich integrieren, die deutsche Sprache sprechen und sich nicht zu fein zum Arbeiten sind, tragen doch gerade dazu bei, dass sich der Blick auf Ausländer sukzessive verbessert.«

Jetzt sah Enno seine Chance gekommen, zurück ins Gespräch zu finden. »Genau!«, sagte er zustimmend. »Und unser Konzert wird denselben Effekt haben. Die Leute werden sehen, dass ihr, trotz der Herkunft eurer Eltern, etwas für die hiesige Gesellschaft tun wollt. Ihr wollt etwas geben, ohne etwas dafür zu bekommen. Diejenigen, die Ausländer bisher nur als Sozialschmarotzer wahrgenommen haben, werden ihre Meinung nach unserem Auftritt vielleicht überdenken.« Hoffnungsvoll schaute er in die Runde. Während er Ilias und Kaya auf seiner Seite glaubte, schien Amar eindeutig hinter Ali zu stehen. »Tarek, wie siehst du denn die schwierige Situation.«

Tarek, der die ganze Zeit nachdenklich auf seine Füße geschaut und die Diskussion verfolgt hatte, schaute zu Enno auf. »Ich möchte nicht, dass dieses Konzert unsere Gruppe auseinanderreißt. Ich bin in Deutschland aufgewachsen, habe als Kind aber trotzdem viele ausländerfeindliche Sprüche ertragen müssen. Aber ich weiß auch, was in der Heimat meiner Eltern abgeht. Daher respektiere ich die Meinungsfreiheit auch dann, wenn ich die einzelnen Sichtweisen nicht immer nachvollziehen kann. Ich würde mir daher wünschen, dass wir abstimmen und hinterher entweder gemeinsam die Sache durchziehen oder aber das Konzert als Gruppe abblasen.«

Nachdenklich ließ sich Enno seine Worte noch einmal durch den Kopf gehen. Wenn alle mitmachten, war das wirklich eine gute Idee. Unabhängig davon war er sehr stolz auf seine Jungs, die bis hierhin mit Argumenten und ohne jegliche Gewaltandrohungen diese Diskussion geführt hatten. Schließlich war auch das Klischee des stets aggressiven Ausländers leider zu einem weitverbreiteten Bild in den Köpfen der Menschen geworden.

Abwartend schauten alle in die Runde. Zu Ennos Überraschung war es schließlich Ali, der als Erster seine Entscheidung getroffen hatte. »Okay! Wir stimmen ab. Und egal, wie das Ergebnis ausfällt, wir werden es alle akzeptieren.« Er streckte seinen Arm aus und reckte seine Faust in die Mitte der Runde.

Amar folgte seinem Beispiel, und auch Kaya und Tarek streckten ihre Arme aus. Mit einer kleinen Verzögerung stieß auch Ilias seine Faust an die der anderen. Voller Stolz schaute Enno auf die fünf

Fäuste, die sich in der Mitte der Runde berührten und wartete darauf, dass sie ihren selbst erdachten Handschlag ausführen würden. Aber auch nach mehreren Sekunden verharrten die Arme immer noch in ihrer aktuellen Position. Unsicher schaute Enno Ali an. Mit einer Kopfbewegung deutete der heimliche Anführer auf Ennos rechte Hand.

»Ich soll auch?«, fragte der Streetworker verunsichert.

Die ganze Clique nickte zustimmend.

Enno war sich nicht sicher, ob Ali seine Entscheidung nur getroffen hatte, um seine Position in der Gruppe zu verteidigen. In diesem Moment war ihm das aber auch vollkommen egal. Stolz reckte auch er seine Faust in die Mitte. Erst als seine Fingerknöchel gegen die Fäuste der anderen stießen, vollführte die Gruppe das gemeinschaftliche Begrüßungsritual.

***

Es war bereits kurz vor Mitternacht, als Hedda und Enno den Fernseher ausschalteten, um ins Bett zu gehen. Sie hatten den ganzen Abend zusammen auf dem Sofa gekuschelt und sich dabei mehrere Folgen ihrer aktuellen Lieblingsserie Game of Thrones angesehen. Sie hatten die seit vielen Jahren weltweit bekannte TV-Produktion erst vor einigen Tagen für sich entdeckt und liebten seither die amerikanische Fantasy-Serie mit ihrem mittelalterlichen Flair und der gewissen Prise Erotik.

»Willst du mein Khal Drogo sein?«, fragte Hedda mit verführerischer Stimme. Der Schauspieler mit dem muskulösen Oberkörper, dem geflochtenen Bart und dem langen schwarzen Haar, der in der Serie den Fürsten der Dothraki verkörperte, hatte mit seiner Darstellung des wilden Kriegers ihr Blut ziemlich in Wallung gebracht.

»Nur, wenn du meine Daenerys Targaryen bist«, konterte Enno grinsend. Die zierliche Schauspielerin, die in der Serie von Emilia Clarke gespielt wurde, sah Hedda allein schon wegen ihres langen, weißblonden Haares nicht besonders ähnlich.

Hedda zwinkerte ihm zu. »Aber klar doch!« Sie umschlang den Hals ihres Freundes und küsste ihn leidenschaftlich.

In diesem Moment klingelte Ennos Handy. Er hatte die Klingeltöne auf seinem Smartphone so eingestellt, dass er allein an der Melodie erkennen konnte, ob es sich um einen privaten oder einen dienstlichen Anruf handelte.

»Lass es klingeln«, hauchte ihm Hedda ins Ohr und begann, an seinem Ohrläppchen zu knabbern. Anhand des Tones hatte auch sie sofort erkannt, dass es sich um einen dienstlichen Anruf handelte.

»Aber wenn es etwas Wichtiges ist?« Enno drehte den Kopf in die Richtung, in der auch sein Handy lag und versuchte, den Namen auf dem Display zu erkennen.

»Was könnte wichtiger sein als das hier?« Ohne Vorwarnung fasste ihm Hedda zwischen die Beine.

Überrascht zuckte Enno zusammen. »O… Okay«, stammelte er hilflos und ließ sich rücklings aufs Sofa fallen.

»Braver Junge!« Heddas Gesicht zierte ein zufriedenes Gewinner-Lächeln.

»Das passt jetzt aber nicht so ganz zu meiner Rolle als Khal Drogo, oder?«

Hedda legte ihm ihren Zeigefinger auf die Lippen. Enno verstand, hielt den Mund und schloss die Augen. Während er spürte, wie seine Freundin ihm die Jeans von den Beinen streifte, versuchte er, das unablässige Klingeln seines Mobiltelefons zu ignorieren.

Die Mailbox, dachte er erleichtert, als das Gerät endlich verstummte. Er legte seinen Kopf in den Nacken und konzentrierte sich vollkommen auf Heddas weiche Lippen, die sich von seinem Knöchel langsam Richtung Oberschenkel hocharbeiteten. Doch kaum waren sie dort angekommen, läutete es erneut.

»Sorry, das scheint echt wichtig zu sein.« Behutsam schob er seine Freundin zur Seite und griff nach seinem Handy.

Hedda konnte seine Reaktion durchaus verstehen. Schließlich liebte sie ihn auch wegen seines Pflichtbewusstseins. Aber ein wenig enttäuscht war sie dennoch.

»Ilias, weißt du eigentlich, wie spät es ist?«, fragte Enno vorwurfsvoll, nachdem er das Gespräch angenommen hatte. Als er den Namen des Jugendlichen auf dem Display erkannt hatte, hatte sich sofort eine unangenehme Vorahnung in seinem Kopf breitgemacht. Ob Ali und Amar, die bei der Abstimmung als Einzige gegen eine Fortsetzung des Projektes gestimmt hatten, sich jetzt doch nicht mehr an die gemeinschaftliche Vereinbarung halten wollten?

Neugierig verfolgte Hedda das Telefonat, das nach nicht einmal zwei Minuten bereits wieder beendet war. »Was wollte er denn?«, fragte sie, nachdem ihr Freund das Handy wieder auf den Tisch gelegt hatte.

»Hat er nicht gesagt.« Ratlos zuckte er mit den Schultern. »Ilias will sich mit mir treffen und mir dann alles persönlich erklären.« Enno ging in den Flur und nahm seine Jacke von der Garderobe.

»Jetzt?«, fragte Hedda verständnislos.

»Es klang wirklich wichtig! Ich befürchte, es geht um das Rap-Projekt.« Enno kniete sich nieder, um seine Turnschuhe zuzubinden.

»Und das kann nicht bis morgen warten?« Hedda sah ihre Chancen auf die Fortsetzung ihres lustvollen Rollenspiels dahinschwinden.

»Tut mir echt leid!« Entschuldigend schaute ihr Enno tief in die Augen.

»Nun hau schon ab!«

»Ich liebe dich!« Enno gab ihr einen flüchtigen Kuss, öffnete die Wohnungstür und stürmte in den Hausflur hinaus.

»Ich dich auch«, erwiderte Hedda leise. Sie wusste, dass er sie bereits nicht mehr hören konnte.

***

Als Treffpunkt hatte Ilias den Parkplatz des NP-Supermarktes vorgegeben, der in unmittelbarere Nähe des Pumpwerkes und somit gleichzeitig auch ungefähr in der Mitte ihrer jeweiligen Wohnungen lag. Als Enno im Laufschritt dort ankam, wartete der Jugendliche bereits auf ihn. Während der Streetworker die etwa 800 Meter gerannt war, hatte Ilias die Strecke mit dem Fahrrad zurückgelegt.

»Hier bin ich!«, keuchte Enno und schnappte nach Luft. »Also, was gibt es so Dringendes?«

»Tut mir echt leid! Ich hätte dich nicht angerufen, wenn …«

Am Tonfall und dem verzweifelten Gesichtsausdruck des Teenagers konnte er erkennen, dass etwas Schlimmes geschehen sein musste. »Kein Problem! Ich habe doch gesagt, dass ihr mich im Notfall Tag und Nacht anrufen könnt.«

»Es geht um …«

»Ali, habe ich recht?«, fiel ihm Enno erneut ins Wort.

»Lässt du mich vielleicht mal ausreden?«, reagierte Ilias genervt.

»Sorry!« Er gab ihm ein Zeichen, um weiterzusprechen. Auch in dieser Hinsicht schien er Hedda immer ähnlicher zu werden.

»Ich habe heute Nachmittag überraschend Besuch von meinem alten Kumpel Navid aus Emden bekommen. Er hat echt Scheiße an den Hacken und ich weiß nicht, wie ich ihm helfen soll.«

Erleichtert blies Enno die aufgestaute Luft zwischen seinen gespitzten Lippen hervor. Es ging also nicht um Ali und sein Rap-Projekt. »Was hat er denn für ein Problem?«

»Die Polizei sucht ihn wegen Mordes!«, platzte es aus dem Jugendlichen heraus. Es war ihm anzusehen, dass mit diesen Worten zeitgleich eine tonnenschwere Last von ihm abfiel.

Erschrocken riss Enno die Augen auf. »Er hat jemanden umgebracht?«

»Nein … Er hat … Navid kann sich nicht mehr an alles erinnern. Er wollte sich mit Moritz, dem Mordopfer, zu einem Zweikampf treffen. Doch er hat vorher Drogen genommen, die ihn irgendwie umgehauen haben. Als er wieder zu sich kam, war es für den geplanten Kampf eigentlich schon viel zu spät. Er ist aber trotzdem noch zum vereinbarten Treffpunkt gefahren. Dort hat er dann die blutüberströmte Leiche seines Kontrahenten gefunden. Für Navid sah es so aus, als wurde ihm von hinten mit einem schweren Gegenstand der Schädel eingeschlagen.«

»Aber wenn er erst nach dessen Tod am Treffpunkt erschienen ist, kann er es doch überhaupt nicht gewesen sein. Oder hat er ihn vielleicht im Drogenrausch erschlagen?«

»Scheiße Alter, das weiß er eben nicht genau! Navid sagt aber, er habe an seiner Kleidung nicht einen einzigen Tropfen Blut gefunden. Bei einer derartig zugerichteten Leiche, müsste der Täter doch etwas abbekommen haben, oder?«

»Davon ist auszugehen«, sagte Enno nachdenklich. »Hat die Spurensicherung ihn denn auf Blutspuren untersucht?«

Ilias stöhnte genervt auf. »Hörst du mir denn nicht zu, er ist vor den Bullen abgehauen.«

»Aber wieso denn? Wenn er nichts getan hat, wird man auch seine DNA-Spuren nicht an der Leiche finden.«

Mit Zeigefinger und Daumen massierte sich der nervöse Teenager seine Nasenwurzel. »Er hat wohl Panik bekommen und ist einfach nur abgehauen. Es gab wohl viele, die von dem Streit zwischen ihm und dem Opfer wussten. Er ist daher davon ausgegangen, dass auch der geplante Zweikampf zwischen ihnen kein Geheimnis war. Und da die Leiche nun mal genau dort gefunden wurde …«

31

»Hat er gedacht, die Polizei rechnet einfach eins und eins zusammen und sperrt ihn als Mörder hinter Gitter«, vollendete Enno den Satz.

Mit betretenem Gesichtsausdruck nickte Ilias zustimmend.

Nachdenklich massierte sich Enno die Schläfen. »Dein Kumpel muss sich der Polizei stellen. Wenn er zur Tatzeit nicht am Tatort war, wird man ihm auch keinen Mord anhängen können.«

»Keine Chance, Mann!« Ilias trat einen Schritt zurück und machte mit seinen Händen eine abblockende Bewegung. »Navid ist wegen diverser kleinerer Delikte vorbestraft. Sein Vertrauen ins deutsche Rechtssystem ist vollkommen zerstört. Er will über die Grenze zu seinem Onkel in die Türkei fliehen. Ich bin ja schon froh, dass ich ihn zumindest davon vorerst abbringen konnte.«

»Und was soll ich deiner Meinung nach jetzt machen?«, fragte Enno schulterzuckend.

»Ich habe ihm erzählt, dass ich einen voll korrekten Streetworker kenne, der früher einmal Polizist war. Nachdem ich ihm versprochen habe, dass er dir hundertprozentig vertrauen kann, war er einverstanden, dass ich mit dir über die Sache rede. Ich hatte gehofft, du hast einen besseren Tipp parat. Sich einfach nur der Polizei zu stellen, darauf wäre ich auch alleine gekommen.« Mit einer Mischung aus Enttäuschung und Hoffnung schaute Ilias den Streetworker an.

»Glaubst du, er hat es getan?«, fragte Enno und fixierte dabei Ilias Augen.

»Nein!« Ilias Antwort kam wie aus der Pistole geschossen und ließ nicht einmal den Hauch von einem Zweifel erahnen.

Was soll ich jetzt nur machen? Unsicher rieb Enno sich mit der flachen Hand über sein unrasiertes Kinn. »Ich kenne da vielleicht jemanden, der euch helfen kann.«

Kapitel 3

Auf eigene Faust

Als Enno nach seinem Treffen mit Ilias nach Hause gekommen war, schlief Hedda bereits tief und fest. Kurzzeitig hatte er mit dem Gedanken gespielt, seine Freundin zu wecken, um ihr von ihrem möglichen nächsten Mordfall zu berichten. Aber sie hatte in diesem Moment so schön und friedlich ausgesehen, dass er sich stattdessen einfach nur neben sie gesetzt und ihr einige Minuten beim Schlafen zugeschaut hatte.

Am nächsten Morgen war es Hedda, die als Erste die Augen aufschlug. Verwundert, aber auch erleichtert, schaute sie auf die andere Seite des Bettes. Sie hatte so tief geschlafen, dass sie Ennos Rückkehr überhaupt nicht bemerkt hatte. Dabei wollte sie doch eigentlich unbedingt warten, bis er wieder zurück war. Schließlich brannte sie darauf zu erfahren, welche wichtige Neuigkeit Ilias ihrem Freund erzählt hatte.

Sie warf einen Blick auf den Radiowecker. Es war erst 6:25 Uhr. Als Autorin konnte sie sich ihr tägliches Arbeitspensum frei einteilen, und auch Ennos Streetworker-Aktivitäten begannen in der Regel erst gegen späten Vormittag. Es gab also für beide keinen Grund, zu dieser frühen Tageszeit bereits das Bett zu verlassen. Dennoch verspürte Hedda eine innere Unruhe, die sie sich nur mit ihrer Unwissenheit über die Vorgänge der letzten Nacht erklären konnte. Sie musste einfach wissen, was Enno und Ilias besprochen hatten. Und zwar jetzt – sofort.

Enno hatte ihr den Rücken zugedreht. Behutsam streichelte sie mit ihrem Finger über den Nacken ihres Freundes. Enno brummte nur und schlug mit der flachen Hand nach dem vermeintlichen Störenfried, den er dort vermutete. Doch so leicht gab Hedda nicht auf. Sie streichelte ihn erneut, dieses Mal jedoch über sein Ohrläppchen. Ennos Reaktion fiel genauso aus wie beim ersten Versuch: brummen, schlagen, umdrehen, weiterschlafen.

»Enno«, flüsterte Hedda leise in seine Richtung.

Keine Reaktion.

»Hase, bist du wach?« Sie hob die Lautstärke ihrer Stimme leicht an.

Mit einem missmutigen Knurren drehte sich Enno auf die andere Seite, öffnete seine Augenlider einen winzigen Spalt und gähnte dann herzhaft auf. »Ich glaube, das ist mit Abstand die blödeste Frage, die man einem schlafenden Mann stellen kann.« Wie bei einem Liegestütz stemmte er seinen Oberkörper nach oben, um so über Hedda hinweg auf den Radiowecker schauen zu können. Als er die Uhrzeit darauf las, ließ er sich fassungslos zurück auf die Matratze fallen. »Wieso weckst du mich so früh am Morgen?«, brummte er in sein Kopfkissen hinein.

Schuldbewusst legte Hedda ihm die Hand auf seinen breiten Rücken. »Tut mir leid! Ich bin doch nur so neugierig.«

Enno drehte seinen Kopf in ihre Richtung und schaute sie verschlafen an. »Weißt du eigentlich, dass ich gestern Nacht auch überlegt habe, dich aufzuwecken?«

»Warum hast du es nicht getan?«

Verwundert legte Enno seine Stirn in Falten. *Hat sie das jetzt ernsthaft gefragt?* »Na, weil du so süß ausgesehen hast und …« Er machte eine künstliche Pause. »Und weil ich dich nicht wecken wollte!«

Diese Information machte Heddas schlechtes Gewissen gleich noch ein wenig größer. Aber wie ein hungriger Bär kam ihr noch im selben Moment ihre Neugierde zur Hilfe und verschlang die Schuldgefühle mit einem einzigen Happs. »Nun erzähl endlich! Was war so wichtig, dass es nicht bis heute warten konnte?« Aufgeregt setzte Hedda sich auf und verschränkte ihre Beine zu einem Schneidersitz.

Enno seufzte, rollte sich dann näher an Hedda heran und legte seinen Kopf schließlich so in ihrem Schoß ab, dass er ihr von unten direkt in ihre wunderschönen grünen Augen schauen konnte. Dann erzählte er ihr von dem Gespräch mit Ilias und seinem Plan, Jörg darum zu bitten, dass dieser Mord ihr erster offizieller Fall werden sollte.

Mit jedem Wort hatten sich Heddas Augen ein Stückchen mehr geweitet. Nachdem sie die letzten Monate hauptsächlich mit dem Umzug nach Wilhelmshaven, Familienstreitigkeiten und Geheimeinheitstraining verbracht hatte, brannte sie darauf, dass bisher Erlernte endlich einsetzten zu können. Wie Enno trainierte auch sie dreimal pro Woche Selbstverteidigung, nahm zudem privaten Schauspielunterricht und las täglich ein bis zwei Stunden in den Unterlagen, die der Leiter ihrer neuen Einheit ihnen gegeben hatte. Darin waren einige psychologische Tricks, Fragetechniken und andere ermittlungsrelevante Kniffe beschrieben.

Nachdem Enno seinen Bericht beendet hatte, nahm sie seinen Kopf zwischen ihre Hände, beugte sich vornüber und küsste ihn verkehrt herum auf den Mund. »Wann willst du Jörg anrufen?«, fragte sie aufgeregt, nachdem sich ihre Lippen wieder voneinander gelöst hatten.

»Nach dem Frühstück?«, fragte Enno unsicher. Er ahnte, dass Heddas Geduld nicht bis dahin ausreichen würde.

»Was hältst du davon: Ich mache das Frühstück und du telefonierst in der Zwischenzeit?« Ohne eine Antwort abzuwarten, zog sie ihre Beine an und spreizte sie so, dass Ennos Hinterkopf zwischen ihren Oberschenkeln landete.

»Interessante Perspektive!« Enno grinste schelmisch.

»Nicht jetzt! Schon vergessen? Du musst telefonieren!« Schwungvoll hüpfte sie aus dem Bett und ging zu der Kommode im Flur, auf der auch das schnurlose Telefon stand. Sie zog das Mobilteil aus der Ladestation und warf es durch den Türrahmen hindurch auf die Matratze.

»Du hättest mich fast getroffen«, protestierte Enno mit gespielter Empörung.

Doch Hedda war bereits in die Küche verschwunden.

***

Als Hedda gerade die letzten Zutaten für ein leckeres Frühstück auf den Tisch gestellt hatte, kam Enno herein und setzte sich auf einen der Küchenstühle. Mit zusammengekniffenen Lippen schaute er seine Freundin an. Sein Gesichtsausdruck sprach Bände.

»Darauf falle ich nicht herein!« Hedda lachte, setzte sich breitbeinig auf seinen Schoss und verschränkte ihre Finger hinter seinem Hals.

»Ich mache wirklich keinen Quatsch! Jörg hat uns die Ermittlungen in dem Fall sogar verboten.«

»Was? Warum das denn?« Hedda schaute ihrem Freund tief in die Augen, um ganz sicher zu gehen, dass er sie wirklich nicht reinlegen wollte. Schließlich nahm auch er den von der Geheimeinheit organisierten privaten Schauspielunterricht, in dem »unauffälliges Lügen« quasi das Hauptfach war.

35

»Er sagt, dass sich unsere Einheit nur um ungeklärte oder außergewöhnliche Fälle kümmert. Keines dieser Kriterien sieht er in dem Fall von Ilias Kumpel gegeben. Außerdem denkt er, dass wir noch nicht gut genug vorbereitet sind.«

»Pah«, stieß Hedda verächtlich hervor. »Wir, und nicht gut vorbereitet. Dabei weiß er doch genau, wie viele Mordfälle wir schon ganz alleine gelöst haben.« Tatsächlich war sie irgendwie auch ziemlich stolz auf ihre bisherigen Ermittlungserfolge.

»Das habe ich ihm auch gesagt. Aber er meinte, jetzt wäre es etwas anderes. Wenn wir bei den Ermittlungen einen Fehler machen würden, würde das unter Umständen auf unsere Einheit zurückfallen und damit das ganze Projekt gefährden.«

»Aber es ist doch alles streng geheim! Wie soll da überhaupt jemand Rückschlüsse von uns auf die Einheit ziehen?«

»Nun ja, es gibt natürlich schon ein paar Leute, die von uns wissen und die Erfolge und Fortschritte des Projektes überwachen. Schließlich hat man sich im Innenministerium schon etwas dabei gedacht, als man dieses Experiment zum Leben erweckt hat«, gab Enno zu bedenken.

Hedda erhob sich vom Schoß ihres Freundes und tigerte unruhig in der Küche auf und ab. »Und wenn wir es noch einmal auf eigene Faust machen?«

Enno schaute seiner Freundin tief in die vor Entschlossenheit glänzenden Augen. »Meinst du das ernst? Was ist, wenn Jörg das herausbekommt?«

»Wie soll er denn? Er hat uns doch hoch und heilig versprochen, dass er uns nicht mehr überwacht, seit auch wir Teil seines Teams sind. Und wenn er es doch tut, müsste er zugeben, gelogen zu haben. Damit wären wir dann ja wohl quitt.« Trotzig verschränkte Hedda die Arme vor ihrer Brust.

Unsicher rieb sich Enno mit den Händen über das Gesicht. Er wollte Ilias und seinem Kumpel unbedingt helfen, aber durfte er dafür wirklich riskieren, seinen neuen Boss zu verärgern? Wäre es möglich, dass sein Ungehorsam ihn am Ende sogar den Job als Streetworker kosten konnte? Und dann war da ja auch noch das Rap-Projekt mit seinen Jungs. Es waren nur noch wenige Tage bis zum geplanten Auftritt. Er konnte sie doch jetzt nicht einfach sich selbst überlassen. »Es geht nicht. Ich muss doch auch zur Arbeit, und außerdem stehen noch Proben für unseren Auftritt an. So fragil wie die Gruppe gerade ohnehin ist, kann ich sie auf keinen Fall alleine lassen.«

Aus zusammengekniffenen Augen musterte Hedda ihren Freund, der immer noch wie erstarrt auf seinem Stuhl saß. Sie musste keine psychologischen Ratgeber lesen, um zu bemerken, dass Enno ihr gerade eine Ausrede aufgetischt hatte. Er wollte diesen Fall genauso gerne übernehmen wie sie – wahrscheinlich sogar noch viel mehr. Schließlich waren ihm Ilias und seine Clique in den letzten Wochen sehr ans Herz gewachsen. »Dann mache ich es halt alleine!«, sagte sie daher kurz entschlossen und setzte dabei das selbstsichere Pokerface auf, das sie in ihren Schauspielstunden gelernt hatte.

»Nein!«, protestierte Enno energisch und sprang von seinem Stuhl auf.

»Doch!«, erwiderte Hedda und verschränkte erneut ihre Arme vor der Brust.

✳✳✳

Bereits am nächsten Tag saßen die beiden in Ennos dunkelblauem Polo und waren auf dem Weg nach Emden. Nachdem Hedda weiterhin hartnäckig so getan hatte, als würde sie die Aufklärung des Mordfalls notfalls auch alleine übernehmen, war Enno irgendwann doch eingeknickt und hatte ihr versprochen, sie zu begleiten.

Der Streetworker hatte am Vortag mit Ilias telefoniert und ihm mitgeteilt, dass Hedda und er versuchen wollten, seinem Freund zu helfen. Weiterhin hatte er ihm eine Liste mit Fragen geschickt, die er an seinen unter Mordverdacht stehenden Kumpel weiterreichen sollte. Ilias hatte versprochen, sich nicht nur um eine kurzfristige Rücksendung der Antworten zu kümmern, sondern auch dafür zu sorgen, dass die Clique auch in Ennos Abwesenheit weiterproben würde. Um den instabilen Frieden in der Gruppe nicht zu gefährden, erklärte er sich sogar bereit, eine Zeit lang so zu tun, als habe Ali stets die besseren Ideen.

Auch den Hausarzt, dessen Adresse sie nach ihrem Umzug von Jörg bekommen hatten, hatte Enno noch am Vortag besucht, um sich für seine Arbeit ein Attest geben zu lassen. Dabei musste er darauf hoffen, dass der Mediziner beim Thema »Ärztliche Schweigepflicht« weniger korrupt war, als beim Ausstellen von falschen Arbeitsunfähigkeitsbescheinigungen. Würde er Jörg von

Ennos Krankschreibung Bericht erstatten, würde das mit Sicherheit eine Menge Ärger bedeuten.

Hedda hatte online ein Hotelzimmer in Hinte gebucht. Die kleine Gemeinde, die zum Landkreis Aurich gehörte, lag direkt zwischen Emden und der Krummhörn. Während der knapp einstündigen Autofahrt planten sie gemeinsam ihre Strategie. Sie wollten bei den Ermittlungen als Streetworker-Team auftreten, das bei der Suche nach dem flüchtigen Mordverdächtigen helfen wollte. Damit Enno seine Rolle auch glaubhaft verkörpern konnte, bat er Hedda darum, ihm während der Fahrt und der ersten Stunden ihres Aufenthaltes so viel wie möglich über ihre Heimatstadt zu erzählen.

»Bieg hier mal ab!« Hedda zeigte auf eine Weggabelung am Rand der Bundesstraße 210.

Enno warf einen flüchtigen Blick auf sein Navigationsgerät. »Warum? Bis zum Hotel sind es doch nur noch wenige Kilometer.«

Ein kurzer Seitenblick von Hedda genügte als Antwort, und Enno setzte den Blinker.

»Da kannst du anhalten!« Hedda zeigte auf eine kleine Einbuchtung am Straßenrand.

Café Am Schiefen Turm, las Enno die Reklame am nebenstehenden Gebäude. »Willst du echt so kurz vor unserem Ziel noch eine Pause machen?«, fragte er ungläubig.

Hedda lachte. »Nein, ich will dir nur eines der berühmtesten Bauwerke der Region zeigen. Es steht sogar im Guinness-Buch der Rekorde.«

Im Kopf des ehemaligen Polizisten verknüpften sich schlagartig die zuletzt erhaltenen Informationen. »Steht hier der Schiefe Turm von Suurhusen?«

»Ganz genau!« Hedda öffnete die Beifahrertür und stieg aus dem Wagen.

Enno folgte ihr. Sie gingen direkt auf die im dreizehnten Jahrhundert erbaute Kirche zu und postierten sich so, dass sie das Gebäude gut sehen konnten.

»Wow, ist der schief!«, staunte Enno. Er hatte schon oft von dem berühmten Gotteshaus gehört, es aber noch nie in echt gesehen. »Und die steht wirklich im Guinness-Buch?«

»Ja, mit einer Neigung von etwas über fünf Grad ist der Kirchturm der Rekordhalter der nicht absichtlich schief gebauten Gebäude.«

»Weißt du, wie es dazu kommen konnte?«, fragte er neugierig.

»Der Kirchturm wurde erst 1450 an die bis dahin turmlose Kirche angebaut. Aber erst Ende des neunzehnten Jahrhunderts wurde erstmals eine Abweichung des Turmes festgestellt. Man geht davon aus, dass der Grundwasserspiegel durch die Entwässerung der umliegenden Ländereien abgesenkt wurde und dadurch die bisher im Grundwasser konservierten Eichenstämme, die dem Turm als Fundament dienten, zu verrotten begannen.«

»O je! Kippt der Turm denn jetzt immer weiter ab?«

»Nein, das Fundament wurde zwischenzeitlich durch Beton und Stahl verstärkt. Zudem gab es noch weitere Sicherungsmaßnahmen. Seit Mitte der neunziger Jahre gilt der Turm als stabil.«

»Woher weißt du das denn alles? Lernt man das in Emden in der Schule?« Staunend sah Enno seine Freundin an. Das meiste von dem, was er in der Schule gelernt hatte, war schon längst wieder aus seinem Kurzzeitgedächtnis gelöscht worden.

Hedda lachte. »Nein, das habe ich während der Fahrt im Internet nachgelesen.«

Nach der ausführlichen Besichtigung des Kirchturms fuhren sie mit dem Auto weiter zu ihrer Unterkunft. Das Viersternehotel »Novum« lag direkt an der Stadtgrenze zu Emden, abseits der belebten Straßen. Ihr Zimmer war modern eingerichtet. Durch eine alte Landkarte der ostfriesischen Halbinsel, welche die komplette Wand oberhalb des komfortablen Bettes zierte, wurde man jedoch trotzdem immer wieder daran erinnert, in welch besonderer Region man gerade seinen Urlaub verbrachte.

Sie hielten sich jedoch nicht lange im Zimmer auf, denn schließlich wollten sie so schnell wie möglich mit den Ermittlungen beginnen. Bevor es losgehen konnte, brauchte Enno aber noch dringend eine Stadtführung durch Heddas Heimatstadt. Es war bereits früher Nachmittag und die Sonne würde bald untergehen. Darum entschied Hedda ihrem Freund zunächst die Knock zu zeigen.

Nachdem sie die unzähligen Windkrafträder und die beiden historischen Statuen am Rande des Siel- und Schöpfwerkes passiert hatten, parkten sie ihr Auto auf dem vollkommen ungenutzten Parkplatz. Beim Aussteigen aus dem Fahrzeug fiel Enno sofort der futuristisch anmutende Radarturm ins Auge, der alles andere bei Weitem überragte. Als er Hedda gerade fragen wollte, wofür das Gebäude genutzt wurde, vibrierte das Handy in seiner Jackentasche.

Er holte es hervor und schaute auf das Display. »Ich habe eine SMS bekommen, in der ich in einem niederländischen Mobilfunknetz begrüßt werde«, lachte Enno, nachdem er den Text der Kurznachricht überflogen hatte.

»Das kann gut sein«, sagte Hedda und zeigte mit ihrem Arm aufs Wasser hinaus. »Da drüben liegt bereits Delfzijl.«

Enno schaute in die angezeigte Richtung und erspähte hinter dichtem Nebel, auf der anderen Seite der Ems, mehrere Industrieanlagen und Windräder.

Beim Blick auf Delzijl dachte Hedda an ihren Fall in Norddeich zurück. Dorthin waren die Mitglieder des Camp Nordseefrieden e. V. nach ihrem Abschiedsmarsch also immer mit der Fähre gefahren. Als sie anschließend ihren Blick über die deutsche Küste schweifen ließ, musste sie daran denken, wie sie hier beim letzten Mal mit ihrem Laptop im Gras gesessen hatte, um an ihrem Roman zu arbeiten. Das war kurz nach ihrer Rückkehr aus Bremen nach Ostfriesland gewesen. *Wie dicht Vergangenheit und Gegenwart doch manchmal zusammenliegen*, dachte sie wehmütig.

Der kalte Küstenwind peitschte dem jungen Paar um die Nasen.

»Wollen wir noch einen kurzen Spaziergang machen?«, fragte Enno.

»Besser nicht. Ich muss dir noch so viel zeigen, dafür haben wir keine Zeit.« Schützend hielt sich Hedda die Hände wie einen Trichter vor das Gesicht und versuchte, sich mit der warmen Atemluft, die sie stoßartig hineinblies, ein wenig aufzuwärmen.

Amüsiert betrachtete Enno seine Freundin. »In Wirklichkeit ist es dir hier einfach nur viel zu kalt, oder?«

Hinter den vorgehaltenen Händen konnte Hedda ihr Grinsen, das sich als Reaktion auf seine treffende Analyse auf ihren Lippen geformt hatte, gut verbergen. »Kein Kommentar«, sagte sie augenzwinkernd und ging direkt zum Parkplatz zurück.

Sie fuhren mit dem Auto in die Emder Innenstadt und stellten es in dem Parkhaus ab, das direkt an das Kino angrenzte. Beim Aussteigen überkam Hedda auf einmal ein ganz ungutes Gefühl, das sie sofort an die Emotionen erinnerte, die sie beim ersten Kontakt mit Elske Husmanns Leiche verspürt hatte. Doch irgendwie fühlte es sich dieses Mal kälter und viel beängstigender an.

Schlagartig schoss ihr ein Bild durch den Kopf. Vor ihrem inneren Auge war es klar und deutlich zu erkennen, so als hielte sie den

Zeitungsausschnitt aus dem Jahr 2012 direkt in ihren Händen. Als sie das Foto und den dazugehörigen Artikel zum ersten und bisher einzigen Mal gesehen hatte, war sie selbst gerade einmal dreizehn Jahre alt gewesen. Der Bericht handelte von einem elfjährigen Mädchen, das in eben diesem Parkhaus ermordet aufgefunden worden war.

Der Fall hatte damals überregional hohe Wellen geschlagen, da nur drei Tage später ein siebzehnjähriger Junge festgenommen worden war. In der Stadt kam es nach seiner Verhaftung zu Lynchaufrufen und Zusammenrottungen. Doch die Polizei hatte Fehler gemacht und musste den jungen Tatverdächtigen bereits nach drei Tagen wieder freilassen. Eine Woche nach der grausamen Tat, wurde dann ein Achtzehnjähriger verhaftet, der bereits einen Tag später die Tat auch gestand.

Hedda dachte an Ilias und seinen flüchtigen Kumpel Navid. Beide waren siebzehn, genau wie der damals zu Unrecht verhaftete und von Teilen der Bevölkerung angefeindete Junge. *Hoffentlich wird sich die Geschichte nicht ein weiteres Mal wiederholen.* Sie mochte sich gar nicht vorstellen, wie sich der Jugendliche damals gefühlt haben musste. Für ihn und seine Familie mussten diese Tage im März 2012 ein reiner Albtraum gewesen sein. *Zu Unrecht inhaftiert und durch Lynchjustiz bedroht zu sein – so etwas sollte wirklich niemand erleben müssen.*

Man sollte immer erst ein Urteil fällen, wenn die Tat zweifelsfrei bewiesen ist! Bei diesem Gedanken musste sie auch an Renke Husmann denken. Auch er hatte für lange Zeit unschuldig in Untersuchungshaft gesessen.

Plötzlich konnte Hedda alle Emotionen, die es an diesen schicksalhaften Tagen an diesem Tatort gegeben hatte, deutlich spüren. Das Gemisch aus unbändiger Trauer und blinder Wut ließ ihre Knie weich werden. Unvermittelt sackte sie auf einmal in sich zusammen.

Im letzten Moment bekam Enno sie unter den Achseln zu fassen und verhinderte so ihren Aufprall auf dem harten Betonboden. »Ist alles okay mit dir?«, fragte er besorgt.

Hedda nickte. Ihre Augen schauten ihn dabei ausdruckslos und gleichzeitig erschrocken an. Sämtliche Farbe war aus ihrem Gesicht gewichen.

»Das sieht aber nicht so aus«, sagte Enno und zog zeitgleich sein Handy aus der Jackentasche. »Ich werde lieber einen Krankenwagen rufen!«

Mit letzter Kraft legte Hedda ihre Hand über das Display seines Handys und verhinderte so, dass er tatsächlich einen Notruf absetzen konnte. »Bring mich bitte einfach nur schnell hier raus.« Ihre Stimme klang erschöpft und kraftlos.

Enno nahm ihren linken Arm und legte ihn um seinen Nacken. Dann schlang er seinen rechten Arm um ihre Hüfte und geleitete sie ins Freie. Kaum hatten sie das Parkhaus verlassen, ließen Heddas Gefühle deutlich nach. Tief und gleichmäßig atmete sie ein und aus.

»Soll ich nicht doch lieber einen Krankenwagen rufen?« Besorgt schaute der junge Streetworker seine Freundin an.

Energisch schüttelte Hedda den Kopf. Sie spürte, wie sie langsam, aber sicher wieder zu Kräften kam. »Es geht mir schon deutlich besser«, sagte sie und versuchte sich in einem zuversichtlichen Lächeln.

»Was war denn los?«

Einen kurzen Moment lang dachte Hedda darüber nach, ob sie Enno von ihren Gefühlen erzählen sollte. Würde ihr Freund sie nicht langsam für übergeschnappt halten, wenn sie ihm offenbarte, dass sie erneut paranormale Gefühle verspürt hatte. »Ich musste an den Kindsmord denken, der hier vor einigen Jahren geschehen ist«, sagte sie schließlich.

Enno neigte seinen Kopf zur Seite und versuchte, seiner Freundin tief in die Augen zu schauen. Ihm war nicht entgangen, dass Hedda ihren Kopf gesenkt hatte, um ihn nicht direkt ansehen zu müssen. »Hast du wieder …« Verunsichert schaute er ihr ein letztes Mal tief in die Augen. »Hast du wieder etwas gespürt. So wie in Norddeich, meine ich?«

Überrascht hob Hedda den Kopf. War sie so durchschaubar oder hatte sie einfach nur den sensibelsten Freund der Welt? Mit zusammengepressten Lippen schaute sie ihn aus großen Augen an. »Du hältst mich jetzt sicher für verrückt, oder?«

»Nein!« Seine Antwort kam ohne einen Augenblick des Zögerns. »Ich mache mir nur Sorgen um dich!«

Eine Woge der Erleichterung durchströmte Heddas Körper. »Hauptsache du verlässt mich nicht, weil du dir eine ganz normale Freundin wünschst.«

»Niemals!« Enno grinste. »Außerdem ist eine normale Frau doch sowieso nur ein Mythos.«

»Du blöder Spinner!« Hedda gab ihm einen Klaps auf die Schulter und kuschelte sich anschließend sofort wieder an ihn. Mit seiner frechen Antwort hatte er auch ihre verbliebenen negativen Gefühle nahezu verblassen lassen. »Dann lass uns mal mit der Stadtführung beginnen!«

»Bist du sicher?« Enno machte sich immer noch Sorgen um seine Freundin.

»Solange du mich festhältst: ganz sicher!« Hedda zog ihn noch fester an sich heran. »Da drüben siehst du übrigens den Wasserturm. Er steht unter Denkmalschutz.«

Enno schaute über die mehrspurige Straße zu dem etwa vierzig Meter hohen Gebäude hinüber, das alle umherstehenden Bäume und Bauwerke bei Weitem überragte. Er war ein wenig überrascht. Das Nutzgebäude mit seinen vielen Säulen erinnerte ihn eher an einen Märchenturm.

»Da vorne ist übrigens auch der Bahnhof!« Hedda schwenkte ihren ausgestreckten Arm leicht nach links. Dann zog sie Enno weiter mit sich. Sie liefen an dem Verlagsgebäude der Emder Zeitung vorbei und gingen anschließend die Große Straße entlang, an deren Ende sich das Otto Huus befand. Aus der Fassade im ersten Stock des Gebäudes schien gerade ein überdimensionierter Ottifant durchs Mauerwerk zu brechen.

»Die alten Otto-Sketche kann ich mir immer wieder ansehen«, sagte Enno, während er im Schaufenster eine Best-of-DVD mit dem Konterfei des wohl berühmtesten Emder Bürgers betrachtete.

»Ich auch«, stimmte Hedda ihm zu und machte sich in Gedanken eine Notiz auf ihrer imaginären Einkaufsliste, auf der sie sich regelmäßig Geschenkideen notierte, um für zukünftige Feierlichkeiten immer etwas in petto zu haben. »Da drüben im Hafen liegt übrigens das Feuerschiff, das ebenfalls zu den bekanntesten Wahrzeichen der Stadt zählt.«

Das auffällige Schiff, dessen Name – Deutsche Bucht – in riesigen weißen Buchstaben auf den roten Schiffsrumpf geschrieben stand, fiel Enno sofort ins Auge.

Sie überquerten die Fußgängerampel und stellten sich direkt neben die Statuen dreier Seeleute, die dort an einem Metallgeländer lehnten und scheinbar auf den Ratsdelft schauten. Von hier aus konnte man nicht nur das Feuerschiff und die übrigen Schiffe betrachten, die in diesem Teil des Hafens lagen, sondern hatte auch einen hervorragenden Blick auf das Emder Rathaus. Anschließend schlenderten sie am Wasser entlang zum Hafentor, das die Einfahrt zum mittelalterlichen Hafen markierte.

»Da oben siehst du übrigens unser ›Engelke up de Muer‹, das Emder Stadtwappen.« Hedda zeigte auf die Spitze des gemauerten Bauwerkes. Das Wappen zeigte einen Jungfrauenadler, der oberhalb einer Mauer thronte, unterhalb derer wiederum einige Wellen die Ems symbolisierten.

»Was steht denn da für ein Spruch unter dem Wappen? Et pons est Embdae et portus et aura deus«, las Enno die lateinischen Worte vor. Lesen konnte er die alte Sprache noch relativ gut, aber für eine Übersetzung waren seine rudimentären Schulkenntnisse bei Weitem nicht mehr ausreichend.

Hedda zückte ihr Handy und tippte etwas in ihr Smartphone ein. Es war ihr ein bisschen peinlich, aber den Spruch unterhalb des Stadtwappens hatte sie bisher noch nie bemerkt. »Das bedeutet so viel, wie: Gott ist für Emden Brücke, Hafen und Segelwind«, sagte sie, nachdem sie im Internet eine passende Übersetzung gefunden hatte.

Sie liefen am Delft zurück Richtung Innenstadt und machten dann eine kleine Pause in einem gemütlichen Café, ehe Hedda ihre kleine Stadtführung fortsetzte. Sie zeigte Enno unter anderem noch die Statue des Emder Fischmädchens, das Ostfriesische Landesmuseum und die Innenstadt mit ihren Geschäften.

Kapitel 4

Die Ermittlungen beginnen

Am nächsten Morgen genossen Hedda und Enno ein ausgiebiges Hotelfrühstück mit Brötchen, Rührei, Bratwürstchen und vielen anderen Leckereien. Während es im Speisesaal gemütlich warm war, konnten sie durch das Fenster die ersten Schneeflocken dieses Winters bestaunen. Bei all dieser Gemütlichkeit fiel es beiden schwer, die aufkommende Urlaubslaune zu unterdrücken. Sie waren schließlich hier, um in einem Mordfall zu ermitteln und nicht, um ein paar schöne Tage miteinander zu verbringen.

Sie diskutierten kurz über ihr weiteres Vorgehen, entschieden dann aber doch, bei den Eltern des Verdächtigen zu beginnen. Die Adresse und einige andere Fakten konnten sie dem Fragebogen entnehmen, den ihnen Navid, der mordverdächtige Kumpel von Ilias, bereits wieder zurückgeschickt hatte.

Etwa eine Stunde später parkten sie vor einem riesigen Gebäude, dessen Außenfassade eher an den sozialen Wohnungsbau in manchen Großstädten erinnerte als an die gemütlichen Wohngegenden in den vergleichsweise spärlich besiedelten Regionen Ostfrieslands. Der Wohnkomplex war nach Ennos Schätzung über 100 Meter breit und hatte etwa zehn Stockwerke.

»Meinst du, ich kann mein Auto hier wirklich stehen lassen?« Sehnsüchtig schaute Enno zu seinem Polo zurück. Auch wenn der Wagen bereits einige Jahre auf dem Buckel hatte, liebte er dieses Fahrzeug und wollte unter keinen Umständen, dass es beschädigt oder gar gestohlen wurde. Aus seiner Zeit als Polizist wusste er nur allzu genau, was mit einem Auto passieren konnte, das einfach nur zu lange in der falschen Gegend geparkt wurde.

»Nun mach dir mal nicht ins Hemd«, zog Hedda ihren überängstlichen Freund auf. »Als ich noch in Emden gewohnt habe, habe ich hier regelmäßig eine Schulfreundin besucht. Ich bin ganz alleine mit dem Bus hergefahren und wie du siehst …« Sie machte eine präsentierende Geste und grinste ihn dabei frech an. »… bin ich auch immer wieder unversehrt von hier nach Hause zurückgekehrt.«

Enno schaute seine Freundin verwundert an. »Und das hat dein Vater dir erlaubt?«

Hedda zögerte einen Moment. »Vielleicht habe ich meinen Eltern nicht immer die ganze Wahrheit gesagt«, gestand sie mit einem schelmischen Grinsen.

»Tz, tz, tz. Fräulein Böttcher, Fräulein Böttcher!« Enno legte seinen Arm um sie. Irgendwie hatte er immer noch das Gefühl, seine Freundin vor dieser Umgebung beschützen zu müssen.

»Auf der anderen Straßenseite gab es damals übrigens noch einmal exakt das gleiche Gebäude. Die Einwohner nannten sie, in Anspielung an die breiten Fensterfronten, immer Glaspaläste. Wenn ich mich recht erinnere, waren in jedem Gebäude um die 150 Wohneinheiten untergebracht. Da der eine Komplex zuletzt aber, bis auf ein paar einzelne Wohnungen, quasi leer stand, hat die Stadt das Objekt irgendwann erworben und letztendlich sogar abreißen lassen. Ich kann mich noch gut daran erinnern, wie die Bagger damals mit der Arbeit begonnen haben. Das muss 2013, also kurz vor meinem Umzug nach Bremen gewesen sein. Damals hatte ich hier zum letzten Mal meine Schulfreundin besucht. Mit dem Abriss wollte die Stadt auch versuchen, die sozialen Probleme in diesem Stadtteil in den Griff zu bekommen.«

»Dann wollen wir mal hoffen, dass das Konzept der Stadtväter zwischenzeitlich aufgegangen ist.« Skeptisch scannten Ennos Augen erneut das nähere Umfeld und den vor ihm liegenden Wohnkomplex, der den Charme einer DDR-Plattenbausiedlung hatte. »Wieso haben die denn gleich zwei von diesen hässlichen Dingern gebaut, wenn sich am Ende überhaupt nicht genug Mietinteressenten dafür gefunden haben.«

Nachdenklich legte Hedda ihre Stirn in Falten. »Wenn ich mich richtig erinnere, waren die Stadtplaner vor vielen Jahrzehnten davon ausgegangen, dass Emden irgendwann um die 70.000 Einwohner haben würde. Heute weiß man, dass sie sich dabei um schlappe 20.000 verschätzt haben.«

Kopfschüttelnd ging Enno, mit Hedda im Arm, auf den Haupteingang des übrig gebliebenen Glaspalastes zu. Aus Navids Notizen wussten sie, dass er mit seiner Familie im achten Stock wohnte. Mit einem mulmigen Gefühl stiegen sie in den kleinen Fahrstuhl, der dringend mal wieder eine Grundreinigung nötig hatte.

»Zurück nehmen wir die Treppe, okay?«, fragte Hedda, nachdem sich die Fahrstuhltüren langsam hinter ihnen geschlossen hatten.

»Unbedingt!«, antwortete Enno.

Nachdem sie den Fahrstuhl unversehrt verlassen hatten, schritten sie den langen Balkon, der sich über die ganze Breite des Gebäudes erstreckte, entlang und suchten dabei nach der Türklingel, auf der der Familienname von Navid angebracht war.

»Da, hier muss es sein.« Hedda zeigte auf einen handgeschriebenen Zettel, der mit Paketklebeband unterhalb der Türklingel befestigt worden war. Mit pochendem Herzen blieb sie vor der Wohnungstür stehen. *Wie Navids Eltern wohl auf uns reagieren werden? Ob sie uns glauben, dass wir ihrem Sohn nur helfen wollen?*

Mit einem kurzen Augenkontakt holte sich Enno die Bestätigung dafür, dass auch Hedda bereit war. Dann drückte er auf den Klingelknopf. In Gedanken zählte er bis fünfzehn. Als bis dahin immer noch niemand geöffnet hatte, versuchte er es ein weiteres Mal.

»Da!« Hedda knuffte ihm mit dem Ellenbogen in die Seite. »Hinter der Gardine hat sich etwas bewegt.« Mit den Augen deutete sie auf das Fenster, das links von ihnen gelegen war.

Ohne zu zögern machte Enno zwei Schritte zur Seite und klopfte beherzt gegen die Glasscheibe. »Wir wissen, dass Sie da sind. Machen Sie bitte die Tür auf!« Kaum hatten diese Worte seinen Mund verlassen, zuckte er erschrocken zusammen. Er benahm sich gerade wie ein Polizist, der er aber nicht mehr war und vor allem für Navids Eltern überhaupt nicht sein wollte. »Wir kennen Ihren Sohn und wollen« helfen, seine Unschuld zu beweisen«, rief er deshalb noch schnell hinterher und hoffte, damit seinen autoritären Auftritt ein wenig revidiert zu haben.

Mit angehaltenem Atem starrten die beiden Ermittler auf die Tür. Aus dem Inneren der Wohnung konnten sie jetzt eine männliche und eine weibliche Stimme vernehmen, die in einer anderen Sprache heftig miteinander diskutierten. Sie konnten den Inhalt nicht verstehen, aber es war offensichtlich, dass sich die beiden nicht einig darüber waren, ob sie die Tür nun öffnen sollten oder nicht.

Plötzlich näherten sich die Stimmen der Wohnungstür. Ein Schlüssel wurde herumgedreht und eine ältere kleine Frau mit gebräunter Haut und dunklen schulterlangen Haaren öffnete die Tür. Von den vielen Tränen, die sie in der letzten Zeit wegen ihres Sohnes vergossen hatte, waren ihre Augen gerötet. Dennoch war die Hoffnung, die sich in diesem Moment in ihnen widerspiegelte, unverkennbar.

»Moin! Ich heiße Hedda und das ist mein Partner Enno. Wir sind Streetworker und kennen ihren Sohn Navid. Wir wollen ihm helfen, seine Unschuld zu beweisen.« Hedda sprach bewusst langsam, da sie davon ausging, dass ihre Gesprächspartnerin die Landessprache nicht einwandfrei beherrschte.

Enno hielt sich ein wenig im Hintergrund. Nach seinem forschen Auftritt an der Fensterscheibe wollte er die Frau auf keinen Fall verunsichern. Er streckte ihr lediglich seinen Streetworker-Ausweis entgegen, hielt dabei aber geschickt den Zeigefinger über den Stempel der Stadt Wilhelmshaven.

Navids Mutter, die sich ihnen als Aleyna vorgestellt hatte, schaute zunächst Hedda und dann Ennos Ausweis an. Dann trat sie einen Schritt zurück, öffnete die Tür so weit wie nur möglich und bat die beiden in fehlerfreiem Deutsch herein.

Wie schnell man sich doch von Äußerlichkeiten täuschen lässt, dachte Hedda, während sie an der Frau vorbei in die Wohnung ging. Sie schämte sich dafür, dass sie, nur aufgrund des ausländischen Erscheinungsbildes, davon ausgegangen war, dass Navids Mutter die hiesige Sprache nicht gut beherrschte.

Aleyna führte sie in die Küche. Von Navids Vater war nichts zu sehen. *Wahrscheinlich war er dagegen gewesen, uns in die Wohnung zu lassen, und schmollt jetzt im Nebenraum vor sich hin*, spekulierte Hedda.

»Bitte, nehmen Sie doch Platz!«

Hedda und Enno setzten sich auf die angebotenen Stühle. Während Navids Mutter Tee für sie kochte, schauten sie sich neugierig in der Küche um. Das Mobiliar war einfach gehalten, aber alles war sauber und aufgeräumt. Auf der anderen Seite des Küchentisches lag ein aufgeschlagenes Fotoalbum. Daneben standen zwei Becher. Möglichst unauffällig versuchte Hedda, einen Blick auf die Bilder zu werfen. Es war offensichtlich ein Familienalbum. Neben einem niedlichen Kleinkind, das nahezu auf jedem Foto zu sehen war, gab es auch einige Schnappschüsse, die einen kleinen Junge zusammen mit einer sehr attraktiven jungen Frau zeigten.

Aber keine Bilder vom Vater. Wahrscheinlich hat er immer nur hinter der Kamera gestanden, spekulierte Hedda weiter.

Aleyna stellte zwei Tassen und die Teekanne direkt vor ihnen auf den Tisch und setzte sich selbst auf den Platz, vor dem auch das Fotoalbum lag. »Damals war er drei«, sagte sie und drehte das

Album so herum, dass Enno und Hedda die Bilder richtig betrachten konnten. »Er war immer so ein lieber Junge.« Die glücklichen Erinnerungen und der Mutterstolz brachten ihre Stimme förmlich zum Schwingen.

»Süße Fotos«, bestätigte Hedda und schaute sich die aufgeschlagene Seite noch einmal genauer an.

Auch Enno widmete seine gesamte Aufmerksamkeit dem Album. Weder er noch Hedda bemerkten dabei, dass Navids Mutter sich währenddessen in ihren Stuhl zurückgelehnt hatte und traurig aus dem Küchenfenster schaute. Erst als sie wieder zu ihr aufschauten, bemerkten sie die Tränen, die noch immer ungehemmt und leise aus ihren Augen kullerten. Hedda fischte ein Taschentuch aus ihrer Handtasche und reichte es Aleyna.

»Die Probleme begannen erst vor zwei bis drei Jahren.« Die Stimme von Navids Mutter brach. Sie musste eine Pause machen und trocknete ihre Tränen mit dem Taschentuch. »Er hatte sich einfach mit den falschen Jungen angefreundet.«

In diesem Moment flog die Tür zur Küche schwungvoll auf und ein Mann, der ungefähr im selben Alter war wie Aleyna, stand breitbeinig und wutschnaubend im Türrahmen. Er würdigte die vermeintlichen Streetworker keines Blickes. Stattdessen fixierte er Navids Mutter mit einem stechenden Blick und schimpfte lautstark in einer Sprache, die Hedda und Enno nicht verstanden.

Aleyna schaute ihn zunächst nur entsetzt an, dann erwiderte sie seine Schimpftiraden. Mit wilden Gesten und versteinerten Mienen schrien die beiden sich eine Zeit lang an und schienen dabei ihren Besuch vollkommen vergessen zu haben. Erst nach ein oder zwei Minuten beendete der Mann das Gespräch, indem er ein paar letzte zornige Worte an sie richtete und direkt danach die Tür lautstark hinter sich zunallte. Durch das Küchenfenster konnte Enno sehen, wie er wütend in Richtung Fahrstuhl davoneilte.

»Sie müssen meinen Bruder entschuldigen. Ich glaube, er fühlt sich für all das verantwortlich.«

»Das war Ihr Bruder?«, schoss der Gedanke ungefiltert aus Enno heraus.

Aleyna nickte. »Kurz nachdem mein Mann und ich nach Deutschland gekommen sind, wurde ich bereits schwanger. Es war nicht geplant, aber wir haben uns trotzdem gefreut. Wir haben damals diese Wohnung zugewiesen bekommen und bereits nach wenigen Monaten konnte mein Mann als Hilfsarbeiter bei einem Bauunternehmen anfangen. Wir hatten nicht viel, aber wir waren …« Ihre Stimme brach erneut. Sie senkte den Kopf. »… glücklich.«

Hedda verspürte einen Stich in ihrem Herzen. Noch nie hatte sie jemanden ein so positives Wort mit einer derartigen Trauer aussprechen hören. Ohne zu überlegen, legte sie ihre Hand auf die von Navids Mutter. Sie wollte in diesem Moment nur eines: ihr irgendwie Trost spenden.

Mit einem traurigen, aber auch dankbaren Lächeln schaute Aleyna zu Hedda auf. »Mein Mann starb, als Navid vier Jahre alt war. Ich habe anschließend versucht, uns beide mit meinem Job in der Wäscherei durchzubringen. Aber für einen Umzug hat das Geld leider nie gereicht. In diesem Umfeld brauchen Kinder eine starke männliche Bezugsperson, um nicht vom rechten Weg abzukommen. Mein Bruder hat versucht, die Lücke zu füllen, die sein Schwager hinterlassen hat. Aber er …« Sie suchte nach den passenden Worten. »… hatte schon immer seine eigenen Probleme.«

»Das war sicher eine schwierige Zeit!« Verständnisvoll drückte Hedda ihr die Hand.

Navids Mutter nickte. »Ich konnte wegen der Arbeit nicht immer zu Hause sein. Der Junge war daher viel auf sich allein gestellt, hat sich mit den falschen Jungs angefreundet und mir immer mehr Sorgen bereitet. Alkohol, Ladendiebstahl, Drogen, Körperverletzung. In den letzten Monaten kam ich kaum noch an ihn heran. Und jetzt …« Ihre Stimme versagte ihr den Dienst. Dann vergrub sie das Gesicht hinter ihren Händen und begann bitterlich zu weinen.

Hedda wartete einen Moment und begnügte sich damit, ihr lediglich die Hand zu halten.

»Wir glauben, dass er es nicht gewesen ist«, sagte Enno schließlich, nachdem er es nicht mehr aushalten konnte, einfach nur untätig abzuwarten. Auch er wollte Aleyna irgendwie Trost spenden.

Mit einem Taschentuch wischte sich die verzweifelte Mutter ihre Tränen aus dem Gesicht. »Die Polizei sagt, mein Sohn habe dem Opfer öffentlich gedroht, ihn umzubringen. Außerdem ist der ermordete Junge genau an der Stelle gefunden worden, an der sich die beiden zu einem heimlichen Duell verabredet hatten. Ich bin und bleibe seine Mutter, und egal was er gemacht hat, ich werde ihn

immer lieben. Aber selbst für mich spricht alles relativ eindeutig gegen meinen Sohn.«

»Wir hatten vor kurzem einen ähnlichen Fall, bei dem der Täter auch mehr als offensichtlich schien. Trotzdem war es am Ende doch jemand ganz anderes. Geben Sie die Hoffnung also nicht auf!«, versuchte Hedda sie zu ermutigen und erntete dafür einen ernsten Seitenblick von Enno.

Navids Mutter legte nachdenklich ihre Stirn in Falten. »Ich dachte, Sie wären Streetworker und würden meinen Sohn von der Straße kennen?«

»Das stimmt ja auch! Meine Kollegin meint, dass es erst vor Kurzem einen Mordfall in einer anderen Region Deutschlands gegeben hat, in dem ebenfalls ein Jugendlicher, der von unseren Kollegen aus Berlin betreut wurde, verdächtigt worden ist. Wir haben die Geschichte erst vor einigen Wochen auf dem bundesweiten Treffen der Streetworker in Stuttgart gehört.« Enno hatte versucht, bei seiner Lüge an all die Tipps zu denken, die er in seinem Schauspielunterricht gelehrt bekommen hatte. *Ob sie mir das abkauft?*, fragte er sich und hoffte, dass ihm seine Angst nicht anzumerken war.

Hedda, die ihren Fehler erst jetzt realisiert hatte, versuchte ihm zur Hilfe zu kommen. »Wir haben auf der Straße Gerüchte gehört, wonach jemand versucht haben könnte, ihrem Sohn den Mord in die Schuhe zu schieben. Navid war vielleicht etwas orientierungslos, aber so wie ich ihn kennengelernt habe, war er auf keinen Fall zu einem Mord fähig«, begann jetzt auch sie zu lügen.

Aleyna kämpfte erneut mit den Tränen. »Ich hoffe, Sie haben recht!«

»Kennen Sie irgendjemanden, der zu so etwas fähig wäre? Hatte ihr Sohn vielleicht in letzter Zeit einen heftigen Streit mit einem Kumpel oder einer anderen Person?«, fragte Enno.

Nachdenklich presste Navids Mutter ihre Fingerkuppen gegen ihre schmerzenden Schläfen. Seit ihr Sohn auf der Flucht war, hatte sie keine Nacht mehr richtig schlafen können. »Wie gesagt, ich hatte in den letzten Wochen kaum noch Zugang zu ihm. Wenn er nicht mit seiner Clique auf den Straßen unterwegs war, hat er sich meistens in seinem Zimmer verkrochen. Eigentlich weiß ich nur, dass er sich mit dem ermordeten Jungen um ein Mädchen gestritten hat.«

»Sie meinen Tjalda?« Hedda kannte den Namen ebenfalls aus dem Fragebogen, den Navid ihnen beantwortet hatte.

Aleyna verzog nachdenklich den Mund. »Ich glaube, das war ihr Name.«

»Und sonst fällt Ihnen niemand ein?«, bohrte Enno nach.

Sie schüttelte den Kopf. »Nein, tut mir leid!«

»Haben Sie eine Ahnung, wo sich ihr Sohn versteckt hält? Es wäre wirklich gut, wenn wir auch ihm ein paar Fragen stellen könnten. Wir werden es auch nicht der Polizei verraten.« Trotz größter Bemühungen hatte Enno es nicht geschafft, Ilias den geheimen Aufenthaltsort des Verdächtigen zu entlocken. Er hoffte daher, dieses Mal mehr Erfolg zu haben. Daher achtete er genau auf die Mimik und insbesondere auch auf die Augen seiner Gesprächspartnerin. Denn wie die Körpersprache einen Menschen als Lügner entlarven konnte, hatte er mittlerweile, zumindest in der Theorie, gelernt.

Dieses Mal zuckte Navids Mutter mit den Schultern. »Ich weiß es wirklich nicht!«, antwortete sie und zeigte dabei keinerlei verräterische Reaktionen.

»Okay«, sagte Enno und erhob sich von seinem Platz. »Wenn er sich doch noch melden sollte, rufen Sie uns bitte an. Sie können uns wirklich vertrauen.« Er reichte ihr einen kleinen Zettel, auf dem er seine Handynummer notiert hatte.

Aleyna brachte sie zur Wohnungstür. »Vielen Dank, dass Sie meinem Sohn helfen wollen.« Ohne Vorwarnung drückte die kleine Frau zunächst Hedda und dann auch den deutlich größeren Enno an sich.

Beide spürten in diesem Moment ein beklemmendes Gefühl in ihrer Brust. Was wäre, wenn die Polizei dieses Mal wirklich auf der Jagd nach dem wahren Täter war? War es richtig von ihnen gewesen, der Mutter von Navid Hoffnungen zu machen, obwohl sie nicht mehr hatten, als die Beteuerungen des Jungen, es nicht getan zu haben?

***

Am Nachmittag standen Hedda und Enno vor einem modernen Wohnkomplex in bester Innenstadtlage. Diese Kombination bildete somit den perfekten Gegensatz zu den Lebensumständen, die sie noch am Vormittag vorgefunden hatten. Da sie bei Navids Mutter

keine neuen Erkenntnisse gewinnen konnten, hofften sie, bei der Familie des Opfers den entscheidenden Hinweis zu bekommen.

Ihre Aufregung war jetzt noch größer als am Vormittag. Schließlich konnten sie bei Aleyna noch in der Rolle der Helfer auftreten, aber würden auch die Eltern des verstorbenen Jugendlichen ihre Unterstützung zu schätzen wissen? Würden sie überhaupt mit ihnen sprechen? Immerhin hatte die Polizei längst die Ermittlungen aufgenommen.

Mit zitternder Hand drückte Hedda auf den Klingelknopf der Familie Schepker.

»Wer ist da?«, ertönte wenig später eine männliche Stimme aus der Gegensprechanlage. Erst jetzt bemerkte Enno, dass auch ein Kameraobjektiv auf sie gerichtet war.

»Mein Name ist Enno und das ist meine Kollegin Hedda. Wir sind Streetworker und wollen bei der Suche nach dem flüchtigen Verdächtigen helfen.« Ohne lange darüber nachzudenken hielt er seinen Streetworker-Ausweis vor die Linse der Kamera und verharrte in dieser Position.

Die Gegensprechanlage verstummte. Angespannt warteten die Geheimdienstmitarbeiter auf eine Reaktion.

»Ich glaube, die …«, begann Hedda zu sprechen, als plötzlich doch der Türsummer brummte.

»Vierter Stock!«, ertönte erneut die männliche Stimme aus dem Lautsprecher. Sie klang nicht besonders einladend.

Der Fahrstuhl in diesem Gebäude machte einen viel moderneren und vertrauenswürdigeren Eindruck, als der, den sie am Vormittag in dem verbliebenen Glaspalast betreten hatten. Als sie den Aufzug in der besagten Etage wieder verließen, stand die schräg gegenüberliegende Wohnungstür bereits offen. Ein Mann lehnte im Türrahmen und schaute ihnen missmutig entgegen. Er war so groß, dass er mit seinem haarlosen Kopf fast gegen den oberen Teil der Türeinfassung stieß.

»Moin! Vielen Dank, dass wir mit Ihnen sprechen dürfen.« Hedda setzte ihr entwaffnendes Lächeln auf.

Doch bei diesem Mann schien es wirkungslos zu sein. Seine Mimik blieb vollkommen regungslos. »Meine Frau will mit Ihnen sprechen«, sagte er, dann senkte er die Stimme. »Ich halte das allerdings für keine gute Idee. Sie können sich vorstellen, dass sie psychisch sehr angeschlagen ist. Zudem ist sie auch körperlich schwer krank. Fassen Sie sich also bitte kurz.«

Enno und Hedda nickten. Dann folgten sie Moritz Vater durch den Flur. Dort fielen ihnen sofort die vielen auffälligen und teuer aussehenden Turnschuhe auf, die scheinbar unbenutzt in ihren Originalverpackungen lagerten.

Anscheinend hat das Opfer Sportschuhe gesammelt, kam es Hedda bei diesem Anblick in den Sinn. Sie wusste, jedes noch so unbedeutend erscheinende Detail konnte bei den Ermittlungen wichtig sein. *Vielleicht hat er sich ja auch mit seinem späteren Mörder um ein besonders seltenes Paar gestritten?*

Als sie die Tür zum Wohnzimmer öffneten, sprang ihnen sofort ein aufgeregter kleiner Jack Russel Terrier entgegen und bettelte um Streicheleinheiten, die Hedda ihm nur zu gerne gab. Erst nachdem Moritz Vater dem Hund im energischen Tonfall den Befehl erteilte, sein Körbchen aufzusuchen, trottete das Tier mit hängenden Ohren und eingekniffenem Schwanz davon.

Auf dem Ledersofa im Wohnzimmer saß Moritz Mutter. Sie wirkte müde und erschöpft. Ihre Augen waren von Tränen und schlaflosen Nächten gezeichnet. Ein Seidentuch, das sie sich um den Kopf gebunden hatte, verdeckte den Großteil ihrer dunkelblonden, leicht fettig glänzenden Haare. Sie sah wirklich krank aus.

»Unser herzliches Beileid!« Enno ging auf sie zu und streckte ihr die Hand entgegen. Auch Hedda kondolierte ihr.

»Dankeschön. Nehmen Sie doch bitte Platz.« Sie zeigte auf den schräg gegenüberliegenden Teil des Ecksofas.

Während die beiden Ermittler auf der zugewiesenen Stelle Platz nahmen, setzte sich Moritz Vater direkt neben seine Frau.

»Ich bin Nicole, Moritz Mutter. Bitte entschuldigen Sie mein Auftreten, aber mir geht es aktuell sehr schlecht.« Ihr war deutlich anzusehen, dass ihr momentanes Erscheinungsbild ihr sehr unangenehm war. »Und Sie wollen also der Polizei dabei helfen, den Mörder meines Sohnes zu finden?«

Enno nickte zustimmend. »Ja, wir kennen den Verdächtigen von unserer Arbeit auf der Straße.«

»Sie meinen seinen Mörder«, warf Moritz Vater ein. Seine Gesichtszüge wirkten jetzt noch verhärteter, als sie es ohnehin schon gewesen waren.

»Wir wollen diese Bezeichnung erst dann verwenden, wenn …«

»Wenn seine Tat bewiesen ist?«, unterbrach er Hedda wutschnaubend. »Ich war doch selbst dabei, als er Moritz in aller Öffentlichkeit gedroht hat, ihn mit einem Hammer zu erschlagen.«

Beschwichtigend legte seine Frau ihm eine Hand auf den Oberschenkel. »Dirk, bitte, das bringt ihn uns doch auch nicht zurück«, sagte sie mit kraftloser, fast flüsternder Stimme zu ihm. Dann wandte sie sich wieder Hedda und Enno zu. »Wir wollen doch auch Gewissheit haben. Wie können wir Ihnen also helfen?«

»Wir wissen von Navid, dass er sich mit ihrem Sohn um ein Mädchen gestritten hat. Können Sie uns mehr dazu sagen?« Enno hatte die Frage direkt an Nicole gerichtet.

»Mein Sohn hat in den letzten Monaten sehr viel Rücksicht auf mich und meine Krankheit genommen. Sie müssen wissen, ich werde ihn hoffentlich schon bald im Jenseits wiedersehen. Wenn er zu Hause war, saß er meistens in seinem Zimmer und hat irgendetwas an seinem Computer gemacht.«

»Ich bin mir leider nicht sicher«, ertönte plötzlich eine elektronische Frauenstimme aus der hintersten Ecke des Wohnzimmers.

Hedda und Enno drehten überrascht ihre Köpfe in die Richtung, aus der die Stimme gekommen war.

»Das ist Alexa, unser Sprachassistent. Dirk ist großer Star-Trek-Fan und hat sie daher so eingestellt, dass sie auf das Wort Computer reagiert.« Dann schaute sie Hedda schmunzelnd an. »Männer werden halt nie ganz erwachsen.« Sie tätschelte ihrem Partner den Oberschenkel. »Kannst du den beiden mehr zu Moritz Beziehung mit Tjalda erzählen?«

Der großgewachsene Mann ließ geräuschvoll die angestaute Luft aus seinen Nasenlöchern entweichen. Es war ihm deutlich anzumerken, dass er keinen Sinn darin sah, den jungen Streetworkern irgendwelche Fragen zu beantworten. »Moritz hat Tjalda in der Schule kennengelernt. Sie waren etwa ein halbes Jahr lang zusammen, als dieser dreckige Ausländer sich plötzlich auch an sie rangemacht hat. Soweit ich weiß, ist sie sogar mit ihm im Bett gelandet. Das durfte sich Moritz natürlich nicht gefallen lassen.«

Die tiefe Verachtung in seiner Stimme war unüberhörbar. Hedda fragte sich jedoch, ob sie sich ausschließlich auf den vermeintlichen Mörder seines Sohnes oder auf Ausländer im Allgemeinen bezog. »Können Sie uns Tjaldas Adresse geben? Wir möchten gerne auch mit ihr sprechen. Vielleicht weiß sie ja etwas über Navids momentanen Aufenthaltsort.«

Nachdenklich schaute der groß gewachsene Mann auf sie herab. »Ich kenne ihre Adresse nicht.«

So ein Mist!, dachte Hedda. Auch Navid hatte in seinem Fragebogen keine Angaben zu der Adresse des Mädchens gemacht.

»Hast du dich nicht mit Moritz einmal darüber unterhalten, dass sie Volleyball spielt? Sie war doch bei Rot-Weiß Borssum im Verein, wenn ich mich richtig erinnere.« Fragend schaute Nicole ihren Mann an.

»Das kann schon sein.« Er machte ein verärgertes Gesicht und zuckte gleichzeitig mit den Schultern.

»Wissen Sie, Dirk und Moritz hatten ein eher kumpelhaftes Verhältnis. Ich habe sie einmal bei einer Unterhaltung belauscht, bei der es um die knappen Outfits der jungen Volleyballerinnen ging. Ich denke, das ist ihm immer noch etwas unangenehm«, versuchte sie die knappe Reaktion ihres Mannes zu erklären.

Während Moritz Vater unverändert griesgrämig vor sich hin starrte, zauberte diese Erinnerung bei Nicole sogar ein leichtes Lächeln auf das erschöpfte Gesicht. Dann wurde sie plötzlich von einem starken, nicht enden wollenden Hustenanfall heimgesucht.

Dirk rutschte sofort dichter an sie heran und legte ihr beruhigend die Hand auf den Rücken. »Haben Sie jetzt genug gefragt? Sie sehen doch, dass es meiner Frau sehr schlecht geht«, sagte er vorwurfsvoll, nachdem der Anfall langsam zu Ende zu gehen schien.

»Es tut uns sehr leid, dass es Ihnen nicht gut geht.« Betroffen schaute Hedda zunächst Moritz Mutter an, um anschließend hilfesuchend Ennos Blick aufzufangen. Sie wusste nicht, wie sie sich in dieser Situation verhalten sollte.

»Ist schon okay! Ich bin schwer krank und werde wahrscheinlich bald sterben. Aber ich werde diese Welt nicht in Frieden verlassen können, wenn der Mörder meines Sohnes nicht vorher gefasst worden ist. Ich beantworte Ihnen daher gerne Ihre Fragen.« Sie räusperte sich, beugte sich vor, um einen Schluck Wasser zu nehmen, und ließ sich anschließend erschöpft ins Sofa zurücksinken.

»Wir hätten nur noch eine Frage an Sie. Können Sie sich irgendjemand anderen vorstellen, der die Tat begangen haben könnte?«

»Jetzt ist es aber genug!«, protestierte Dirk empört und sprang von seinem Sofa auf. »Sie haben gesagt, Sie wollen helfen, diesen dreckigen Ausländer vor Gericht zu bringen. Stattdessen führen Sie sich hier auf, als wären Sie von der Polizei.«

»Wir wollen doch nur …«, versuchte sich Hedda in einer beschwichtigenden Erklärung, aber in seiner Wut ließ Moritz Vater sie nicht einmal ausreden.

»Sie sollten jetzt gehen!«

»Dirk!«, mahnte Nicole ihn zur Ruhe. »Sie wollen uns doch nur helfen.«

»Aber … Ich will doch nur, dass du dich nicht unnötig aufregst.« Seine Stimme klang jetzt deutlich versöhnlicher.

»Das ist auch sehr lieb von dir. Aber warum soll ich Ihnen nicht sagen, was ich der Polizei auch schon gesagt habe? Sei doch so lieb, und hole mir mal die Kopie von dem Brief.«

Gespannt verfolgten Hedda und Enno, wie Dirk sich widerwillig vom Sofa erhob, zu einem der Sideboards ging und dort eine Schublade öffnete. Mit einem weißen Briefumschlag in der Hand kam er zurück und reichte ihn Hedda.

»Was ist das?«, fragte die junge Ermittlerin, während sie einen zusammengefalteten Zettel aus dem Umschlag fischte.

»Diesen Drohbrief habe ich etwa zwei Wochen vor dem Mord bekommen«, sagte Nicole. »Das Original liegt bei der Polizei, aber ich habe mir vorher diese Kopie hier gemacht. Die Beamten vermuten, dass er etwas mit meiner Betriebsratszugehörigkeit bei den Emder Motorrad Werken zu tun hat, sehen aber bisher keinen Zusammenhang zu dem Mord an meinem Sohn.«

»Arbeiten Sie denn noch?«, fragte Hedda verwundert. Beim Anblick der todkranken Frau konnte sie sich das beim besten Willen nicht vorstellen.

»Die Arbeit war für mich bisher immer eine gute Ablenkung von meiner Krankheit. Ich konnte einfach nicht den ganzen Tag nur zu Hause sitzen und darüber nachdenken, dass ich bald sterben werde. Aber seit ein paar Wochen bin ich natürlich krankgeschrieben«, klärte Moritz Mutter sie auf.

»Haben die anderen Betriebsratsmitglieder denn auch so einen Brief bekommen?«

Nicole zuckte mit den Schultern. »Nicht dass ich wüsste.«

Enno, der zwischenzeitlich ganz dicht an seine Freundin herangerutscht war, las, während die Frauen sich noch weiter miteinander unterhielten, die Kopie des Briefes, der im Original aus vielen – aus diversen Zeitungen ausgeschnittenen – Einzelbuchstaben bestanden haben musste. Die vielen Rechtschreibfehler, die der Brief enthielt, fielen ihm dabei sofort ins Auge.

Du Schlamppe, Du hast uns um unsere Zukunfd betrogen! Das wirst du bühßen!

Kapitel 5

Demonstration

An einem kleinen Zeitungskiosk, der schräg gegenüber dem Rathaus lag, hatte sich Enno ein Exemplar des Emder Kuriers gekauft. Ihm war die Schlagzeile, in der es um eine für den heutigen Nachmittag geplante Demonstration der Beschäftigten der Emder Motorrad Werke ging, sofort ins Auge gefallen.

Gemeinsam mit Hedda setzte er sich ins Sams, einem gemütlichen Café, das direkt am Marktplatz gelegen war. Um sich ein wenig von den winterlichen Temperaturen zu erholen, die draußen auf den Straßen herrschten, bestellte er sich einen schwarzen Ostfriesentee, während Hedda bei der jungen Kellnerin einen Milchkaffee orderte.

Nachdem die freundliche Bedienung ihnen die Getränke gebracht hatte, schlug Enno die Zeitung auf und las Hedda aus dem Artikel vor, wegen dem er das Blatt überhaupt nur gekauft hatte:

Emden: Die Emder Motorrad Werke (EMW) werden elektrisch!

»Unser Werk in Ostfriesland soll zu einem Vorzeigebetrieb der Elektromobilität werden«, bestätigte der Betriebsratschef des Emder Unternehmens auf der gestrigen Pressekonferenz.

Insgesamt sollen ab 2022 in Emden nur noch E-Modelle produziert werden. Bis dahin will das Unternehmen mehr als zweihundert Millionen Euro in das Werk investieren. Eine bisher geplante Verlagerung der Produktion nach Tschechien soll es vorerst nicht geben.

Der Betriebsratschef sieht die Planungen des Vorstands als große Chance für das Emder Unternehmen, bedauert jedoch auch, dass die knapp hundertfünfzig Beschäftigten, die bisher nur befristet angestellt waren, in den nächsten Monaten ihren Job verlieren werden. Da der Bau von Elektromotorrädern und -rollern weniger Produktionsschritte umfasst als bei herkömmlichen Modellen, werden langfristig deutlich weniger Arbeitskräfte benötigt. Eine Verlängerung der befristeten Verträge sei daher – gemäß Aussage der Unternehmensleitung – nicht nachhaltig.

Insgesamt sind aktuell im Emder Werk etwa zweitausendfünfhundert Menschen beschäftigt.

Auch die Gewerkschaft begrüßte die Entscheidung des Emder Motorradbauers, forderte aber gleichzeitig auch langfristige

Perspektiven für die Beschäftigten an dem ostfriesischen Standort.
»Man dürfe nicht nur die Produktion neuer zukunftsfähiger Technologie einführen, sondern müsse auch weiterhin dafür sorgen, dass es in der Region genügend Arbeit gebe.«

Doch es gibt auch deutlich skeptischere Stimmen zur Entscheidung des Unternehmens. Für den heutigen Nachmittag hat die Partei für Tradition und Kultur (PTK) auf dem Schützenplatz (gegenüber dem Ostfriesland-Stadion) aus diesem Grund eine Kundgebung angemeldet. Hier wollen die Spitzenpolitiker der Bundespartei wie auch Vertreter des hiesigen Regionalverbandes zu der aktuellen Entwicklung Stellung beziehen.

Aus Sicht der Polizei dürften hauptsächlich Wähler der Partei, befristete Angestellte der Emder Motorrad Werke und Mitarbeiter von Zuliefer-Unternehmen an der Veranstaltung teilnehmen. Es wird mit etwa zweihundertfünfzig Teilnehmern gerechnet.

Enno faltete die Zeitung wieder zusammen und nahm einen Schluck Tee.

»Der Drohbrief, den Nicole Schepker erhalten hat, könnte von einem der befristeten Mitarbeiter stammen, die bald ihren Job verlieren werden«, mutmaßte Hedda.

»Aber warum hat nur sie solch einen Brief bekommen? Immerhin sitzen neben ihr noch achtzehn weitere Personen im EMW-Betriebsrat.«

»Wir wissen doch gar nicht, ob es nicht noch mehr Briefe dieser Art gegeben hat«, gab Hedda zu bedenken. »Soweit ich das recherchieren konnte, ist Nicole Schepker das einzige weibliche Mitglied des Betriebsrates. Vielleicht ist unser Täter ein Frauenhasser. Vielleicht hat er sich aber auch einfach nur dazu entschieden, das vermeintlich schwächste Glied der Kette auszuwählen.«

Nachdenklich nickte Enno ihr zu und nahm einen weiteren Schluck Tee. »Außer der Ex-Freundin von Moritz haben wir ansonsten keine weiteren Anhaltspunkte bei unserer Suche nach einem anderen Täter. Wir sollten allein deshalb schon zu dieser Demonstration gehen.«

Nachdem auch Hedda an ihrem Milchkaffe genippt hatte, setzte sie die Tasse wieder auf dem vor ihr liegenden Teller ab. »Diese blöde PTK«, platzte es plötzlich aus ihr heraus. »Zuerst in Moormerland, dann in Wilhelmshaven, und jetzt auch noch in Emden. Die Idioten sind auch wirklich überall.«

Enno lächelte seine Freundin frech an.

»Was gibt es denn da zu grinsen?«, fragte Hedda aufgebracht. Beim Thema PTK verstand sie wirklich keinen Spaß.

»Du hast da …« Enno beugte sich über den Tisch zu ihr herüber, wischte ihr mit dem Daumen den Milchschaum von der Oberlippe und küsste sie anschließend.

***

Eine halbe Stunde vor dem Start der Kundgebung hatten sich Hedda und Enno auf dem Schützenplatz eingefunden. Auf der großen Fläche, auf der in diesem September zum hundertsiebzigsten Mal das traditionelle Emder Schützen- und Volksfest stattfinden sollte, war eine große Bühne aufgebaut worden. Davor hatten sich bereits einige, hauptsächlich männliche Demonstranten versammelt.

Auf der Suche nach verdächtigen Hinweisen, die im Zusammenhang mit dem Drohbrief an Nicole Schepker oder dem Mord an ihrem Sohn Moritz stehen könnten, ließen Hedda und Enno ihre Blicke über die Menge gleiten.

»Da!« Aufgeregt zupfte Hedda ihrem Freund am Jackenärmel. »Schau mal, wer da ist!«

Enno beugte sich so zu ihr herunter, dass sich ihre Wangen beinahe berührten und sie beide in dieselbe Richtung schauten. Sein Blick folgte Heddas ausgestrecktem Arm, als wäre er ein Gewehr, mit dessen Lauf sie gerade auf einen Hirsch zielen würde. »Wen meinst du denn?«

Hedda wollte schon losschimpfen, als ihr gerade noch rechtzeitig einfiel, dass sie Enno ja damals nur von Dick und Doof erzählt hatte. Er konnte die beiden PTK-Anhänger also gar nicht wiedererkennen. »Siehst du den großen schlaksigen Kerl da drüben?«

Der glatzköpfige Mann, der alle Umstehenden um mindestens einen halben Kopf überragte, fiel Enno sofort ins Auge. »Ja, was ist mit dem?«, fragte er leise.

»Und daneben steht doch so ein kleiner Dicker.«

Den deutlich kleineren Mann zu entdecken, war wesentlich schwieriger, aber nach ein paar Sekunden glaubte Enno zu wissen, wen seine Freundin meinte. »Ich glaube, ich sehe ihn.«

»Das sind Dick und Doof. Die zwei habe ich doch damals auf der Demonstration in Warsingsfehn und beim Abschlusstraining zur

Ostfriesland-Olympiade in Neermoor gesehen. Die waren doch zusammen mit diesem Kerl da, der dieses Hotel hatte und gleichzeitig auch der Chef dieser nationalsozialistischen Untergrundorganisation war. Wie hieß der noch gleich?«

»Du meinst Wigand Focken! Er war der Chef des NSW, dem Nationalsozialistischen Widerstand«, half Enno ihrem Gedächtnis auf die Sprünge.

»Genau!« Jetzt fiel auch Hedda der Name wieder ein. »Ob der wohl noch im Gefängnis sitzt?«

Nachdenklich legte Enno seine Stirn in Falten. »Da sich die rechte Terrororganisation noch im Aufbau befand und bis dato nur Straftaten geplant hatte, hat er sicher nur eine kurze Haftstrafe bekommen – wenn überhaupt. Der dürfte schon längst wieder auf freiem Fuß sein.«

»Glaubst du, es ist Zufall, dass die beiden heute auch hier sind?« Hedda stellte die Frage so, dass zweifelsfrei feststand, welche Antwort sie selbst darauf geben würde. »Mit Sicherheit ist der feine Herr Focken auch hier.« Suchend schaute Hedda sich um. Aber weder sie noch Enno konnten den Hotelbesitzer aus Neermoor entdecken.

»Vielleicht hält er sich aktuell auch zurück und lässt andere die Drecksarbeit machen«, mutmaßte Enno. »Bei seiner Vorstrafe muss er davon ausgehen, dass er vom Verfassungsschutz beobachtet wird.«

»Vielleicht ist das die neue Taktik des NSW. Sie ermorden keine Ausländer, sondern töten stattdessen Deutsche und hängen die Taten dann irgendwelchen Migranten an, um so die Bevölkerung noch weiter zu verunsichern und gleichzeitig den politischen Rechtsruck in unserem Land zu fördern.« Hedda überlegte kurz, ob es in Deutschland vielleicht sogar schon mehrere Aktionen dieser Art gegeben haben könnte. »Komm, wir schleichen uns näher an Dick und Doof heran. Vielleicht können wir sie ein wenig belauschen.« Sie nahm ihren Freund bei der Hand und zog ihn, durch die Menschenmenge hindurch, hinter sich her.

Erst als sie direkt hinter den beiden Glatzköpfen standen, gab Hedda sich mit ihrer Position zufrieden. Sie hatte keine Angst, von ihnen wiedererkannt zu werden. Im Gegensatz zu Wigand Focken hatten die beiden sie allenfalls beiläufig wahrgenommen.

»Hast du eigentlich davon gehört, dass hier in Emden vor Kurzem ein siebzehnjähriger Deutscher von einem Ausländer erschlagen worden ist?«, hörte Hedda Dick sagen.

»Nee, davon habe ich noch nichts gehört!«, war Doofs Antwort.

Hedda hatte seine näselnde Stimme sofort wiedererkannt. Seinem dümmlichen Blick nach zu urteilen, war er in der Zwischenzeit keinen Deut intelligenter geworden.

Da sind wir ja genau zur richtigen Zeit gekommen, dachte Hedda.

»Der hat ihn hinterrücks mit einem Hammer erschlagen! ›Allahu Akbar‹, soll er geschrien haben, während er ihm wie ein Besessener den Schädel zertrümmert hat«, klärte Dick seinen unwissenden Kumpel weiter auf.

»Und als Dankeschön darf dieses Dreckschwein jetzt bis zu seinem Lebensende den Komfort eines deutschen Gefängnisses genießen, oder was? Den müsste man genauso hinrichten, wie er es mit dem armen Jungen getan hat. Auge um Auge, so macht man das bei denen zu Hause doch auch!«, kommentierte Doof.

Die tiefe Verachtung in ihren Stimmen ließ die junge Ermittlerin erschaudern. Die beiden hatten wirklich nichts dazugelernt.

»Soweit ich weiß, ist der Mörder noch immer auf der Flucht. Der versteckt sich wahrscheinlich längst in seiner alten Heimat und lässt sich dort als Held feiern.«

»Hat ihn denn niemand aufgehalten?«, fragte Doof ungläubig.

»Wie meinst du das?«, stellte Dick eine Gegenfrage.

»Na, die Leute, die ihn während der Tat ›Allahu Akbar‹ haben rufen hören«, konkretisierte Doof seinen Einwand.

Für einen Moment war der vermeintlich Klügere der beiden sprachlos.

Da habe ich ihn doch wohl ein wenig unterschätzt, schmunzelte Hedda in sich hinein. In den Zeitungsberichten, die sich mit dem Mord befasst hatten, war nichts von irgendwelchen Zeugen zu lesen gewesen. Wenn sie den Artikeln glauben durfte, hatte eine Joggerin den Leichnam des Jungen erst am nächsten Morgen entdeckt.

Sie belauschten die beiden Männer noch einige Minuten lang, einigten sich aber schließlich mit einem stillen Blickkontakt darauf, ihnen nur noch beiläufig Beachtung zu schenken. Dick und Doof schienen zwar immer noch von rechtem Gedankengut total verblendet zu sein, aber mit dem Mord an Moritz oder dem Drohbrief an Nicole Schepker schienen sie wirklich nichts zu tun zu haben.

Erneut ließ das neu angeworbene Geheimdienst-Duo ihre Blicke schweifen. Hinter ihnen hatten sich in der Zwischenzeit noch eine ganze Menge weiterer Demonstranten eingefunden. Einige reckten selbstgemalte Plakate in die Höhe, die entweder mit unrealistischen Forderungen oder wüsten Beschimpfungen beschriftet waren. An einem dieser Plakate blieb Ennos Blick jedoch länger haften, als an den übrigen. Er wusste nicht sofort warum, dann fiel es ihm aber wie Schuppen von den Augen.

»Hedda, schau mal!« Wieder beugte er sich so zu ihr herunter, dass sie erneut Wange an Wange in dieselbe Richtung schauten. Doch dieses Mal war er es, der mit seinem ausgestreckten Arm ein Ziel in der Menschenmenge anvisierte.

»Wen meinst du?«, fragte Hedda.

»Nicht wen, sondern was«, korrigierte Enno sie. »Schau dir mal das Plakat an!« Er zog sie noch ein wenig dichter an sich heran, sodass ihr Blick noch genauer dem Verlauf seines Armes folgen konnte.

Elektro ist die Zukunfd, aber nicht für uns, las Hedda den Schriftzug, der mit schwarzer Farbe auf ein zurechtgeschnittenes Stück Pappkarton geschmiert worden war. Das falschgeschriebene Wort, das genauso auch in dem Drohbrief an Moritz Mutter zu finden war, stach ihr sofort ins Auge.

Möglichst unauffällig schoben sich die Ermittler durch die Menschenmenge und schlichen sich von hinten an den verdächtigen Mann heran. Er hatte etwa Heddas Größe, trug kurz geschnittenes kastanienbraunes Haar und eine Brille, die so aussah, als wäre sie allenfalls vor zwanzig Jahren einmal modern gewesen. Sein Plakat hielt er jetzt nicht mehr in die Höhe, sondern nutzte den dazugehörigen Besenstiel nur noch als Stütze. Wahrscheinlich hatte ihn zwischenzeitlich jemand auf seinen Schreibfehler hingewiesen.

Da haben wir ihn wohl genau im richtigen Moment entdeckt, dachte Hedda erleichtert. Wenn er das Schild wirklich nur für wenige Augenblicke in die Höhe gereckt hatte, mussten sie in diesem Fall wirklich von einem glücklichen Zufall sprechen. Ohne den Schreibfehler wären sie wahrscheinlich niemals auf ihn aufmerksam geworden.

»Und jetzt?«, flüsterte Enno ihr ins Ohr.

»Lass mich nur machen.«

»Wieso du?«

64

»Weil ich eine Frau bin!« Sie zwinkerte ihrem Freund vielsagend zu, öffnete – trotz der niedrigen Temperaturen – den obersten Knopf ihres Wintermantels und schlug den Kragen so zur Seite, dass der Ansatz ihres Dekolletés zu sehen war.

Enno wollte gerade noch protestieren, doch da hatte Hedda bereits einen Schritt nach vorne gemacht und sich direkt neben dem Verdächtigen positioniert. Behutsam legte sie dem Mann eine Hand auf den Oberarm, um sich so seine Aufmerksamkeit zu sichern. Während der erste Blick des Legasthenikers noch ihrem Gesicht galt, fiel bereits der zweite direkt auf die Körperregion, die Hedda extra hierfür freigelegt hatte.

Sind wir Männer wirklich so durchschaubar, fragte Enno sich und versuchte gleichzeitig, seinen Beschützerinstinkt zu unterdrücken. Am liebsten hätte er sich sofort in die Unterhaltung eingemischt, aber so wie es aussah, schien es wirklich besser zu sein, seine Freundin die Sache alleine regeln zu lassen. *Ein Frauenhasser scheint er jedenfalls nicht zu sein*, dachte er weiter, während er abermals mit ansehen musste, wie ihr Verdächtiger seiner Freundin unverhohlen in den Ausschnitt glotzte. Auch wenn es ihm unsagbar schwerfiel, versuchte er dennoch, möglichst unbeteiligt an den beiden vorbeizuschauen und dabei trotzdem möglichst viel von dem zu verstehen, was sie miteinander sprachen.

»Entschuldige, weißt du, wann das hier endlich losgeht?«, fragte Hedda den Legastheniker.

Der Mann schaute auf seine Armbanduhr. »In zehn Minuten«, antwortete er.

»Was steht auf deinem Schild?«, fragte Hedda und streckte ihre Hand nach dem Besenstiel aus.

Peinlich berührt reichte ihr Gesprächspartner den beschrifteten Pappkarton von seiner rechten in seine linke Hand, sodass Hedda jetzt nicht mehr direkt danach greifen konnte. »Das …« Seine Augen zuckten verräterisch. Für Hedda war es offensichtlich, dass er sich gerade eine passende Lüge überlegte. »Das sollte ich nur für einen Freund mitnehmen, der erst später kommen kann.«

»Ach so«, gab Hedda sich mit dieser Aussage zufrieden. Da sie den Inhalt des Schildes ja ohnehin bereits kannte, war sie nicht wirklich an einer ehrlichen Antwort interessiert gewesen. Sie wollte nur irgendwie das Gespräch auf Nicole Schepker oder den Mord an ihrem Sohn lenken.

»Ich heiße übrigens Harald.« Überraschend streckte er ihr plötzlich die Hand entgegen.

»Hedda.« Sie nahm die dargebotene Hand und schüttelte sie kurz.

»Arbeitest du auch bei EMW? Ich habe dich dort noch nie gesehen.« Der Verdächtige musterte sie von oben bis unten.

»Bei so vielen Mitarbeitern kann man sich schon mal übersehen«, versuchte Hedda seine Frage mit einer lapidaren Antwort abzuwiegeln.

»Du wärst mir aufgefallen! Ganz bestimmt.« Haralds Augen begannen zu leuchten.

Flirtet der jetzt etwa mit ihr? Enno gefiel seine Rolle als Zuschauer immer weniger. Trotzdem hielt er sich weiterhin zurück. Er hatte den Eindruck, als würde Hedda langsam das Vertrauen des Verdächtigen gewinnen. *Aber was genau hat sie nur vor?* Ihm wäre deutlich wohler zumute, wenn er die weitere Vorgehensweise seiner Freundin kennen würde. Schließlich hatte sie ihn schon mehrfach mit ihren spontanen Aktionen überrascht.

Hedda setzte ein verlegenes Lächeln auf. »Ach, Quatsch!« Sie machte eine wegwerfende Handbewegung. *Ich muss jetzt ganz schnell das Thema wechseln, bevor der mir noch zu nahe kommt.* »Ich habe erst im August mein duales Studium begonnen. Du konntest mich also noch nicht wirklich oft gesehen haben.«

»Warum bist du denn dann hier?« Harald verzog fragend das Gesicht.

»Was meinst du?«, gab Hedda sich ahnungslos, wollte damit aber eigentlich nur Zeit gewinnen. Denn sie fand seine Nachfrage durchaus berechtigt. Wenn sie wirklich gerade erst ihre zweigleisige Ausbildung begonnen hätte, bräuchte sie sich aktuell nun wirklich noch keine Sorgen um ihren Job zu machen. Sie wollte ihre Teilnahme an der Kundgebung gerade damit begründen, dass sie als junge Mitarbeiterin ein besonderes Interesse an der langfristigen Entwicklung des Emder Unternehmens habe, als ihr spontan eine bessere Idee in den Sinn kam. »Ich wollte einfach nur mein Mitgefühl zeigen. Es ist doch einfach schrecklich, was mit dem armen Jungen passiert ist.«

Das Gesicht ihres Gesprächspartners sah jetzt noch verunsicherter aus, als noch bei der vorherigen Frage.

»Aber … Hier geht es doch heute um den geplanten Stellenabbau«, wandte er ein. »Von was für einem Jungen sprichst du denn bitte?«

Weiß er es wirklich nicht, oder spielt er nur den Ahnungslosen?

»Na, ich dachte, hier wäre heute die Trauerfeier für diesen ermordeten Jungen. Meine Mitstudenten haben mir erzählt, dass hier für ihn heute eine Art Mahnwache stattfindet.«

Der Verdächtige legte den Kopf leicht schief und schaute Hedda aus zusammengekniffenen Augen an. »Da müssen dich deine Mitstudenten reingelegt haben. Hier geht es heute wirklich nur um den Wegfall der befristeten Arbeitsstellen.«

»Was? Wie gemein!«, spielte Hedda die Empörte. Traurig schaute sie daraufhin zu Boden. »Sie haben mich vom ersten Tag an verarscht, weil sie mich für eine typische Blondine halten. Anscheinend haben sie wohl die ganze Zeit über recht gehabt.« Sie seufzte extra laut.

»Blondine?«, fragte Harald ungläubig.

»Ich habe mir wegen der Hänseleien sogar extra die Haare abschneiden und schwarz färben lassen. Aber auch das hat nichts geholfen.« Hedda sah ihrem Gesprächspartner an, dass er mit ihrem gespielten Gefühlstief absolut überfordert war. »Dann ist Nicole Schepker gar nicht hier, oder?«, wechselte sie daher ihre Taktik.

Sichtlich erschrocken zuckte Harald zusammen. »Was … Woher … Kennst du sie?« Er schien die Fähigkeit, stotterfrei zu sprechen, schlagartig eingebüßt zu haben. Seine Augen waren weit aufgerissen und die Haut um seine Nasenspitze schien auf einmal irgendwie blasser zu sein.

»Ich kenne sie kaum, aber ich hatte mal ein kurzes Gespräch mit ihr, als ich zufällig erfahren habe, dass sie Mitglied des Betriebsrates ist. Ich habe ihr von dem Mobbing meiner Mitstudenten erzählt. Sie hat daraufhin mit ihnen ein klärendes Gespräch geführt. Wahrscheinlich haben die auch deshalb diesen geschmacklosen Scherz ausgeheckt.« Hedda schüttelte verständnislos den Kopf. »Ihr Sohn ist ermordet worden. Damit sollte man sich wirklich keinen Spaß erlauben.«

Einige Sekunden lang schaute Harald sie reaktionslos an. Sein Mund stand leicht offen, sein glasiger Blick schien durch sie hindurch zu gleiten. Ihre Worte schienen in seinem Kopf einen Denkprozess angestoßen zu haben, der nicht ohne Weiteres beendet werden konnte. Hedda konnte förmlich sehen, wie die verschiedenen Gedanken wie kleine Flummis durch seinen Kopf rasten. Ohne ein Wort zu sagen, drehte Harald sich um und ging davon.

»Wo willst du denn hin?«, rief Hedda ihm hinterher und schaute dabei hilfesuchend Enno an.

Doch der Verdächtige reagierte nicht auf ihre Worte. Wie in Trance bahnte er sich, mit dem Besenstiel in seiner Hand, den Weg durch die Menschenmenge.

»Ich folge ihm!«, sagte Enno kurz entschlossen.

Wahrscheinlich ist das eine gute Idee. Wenn ich ihm folge, würde er bestimmt misstrauisch werden, dachte Hedda. »Sei vorsichtig!«, gab sie Enno noch mit auf den Weg. Dann war auch er in der Menschentraube verschwunden.

Sie schaute sich um. Vorne auf der Bühne stand bereits ein Mann, der unbeholfen an einem Mikrofon herumhantierte. *Die Kundgebung geht sicher gleich los.* Sie war sich unschlüssig, was sie tun sollte, entschied dann aber, zurück zu Dick und Doof zu gehen. *Vielleicht ist es ja doch kein Zufall, dass die beiden heute hier sind.*

Kapitel 6

Die Verdächtigen

Mit einigen Metern Abstand war Enno dem Verdächtigen gefolgt. Dabei hoffte er die ganze Zeit über, dass seine Zielperson nicht plötzlich ein Fahrrad besteigen oder sich in ein parkendes Auto setzen würde. Er hatte keinen Plan, wie er in diesen Fällen die Verfolgung hätte fortsetzen sollen. Schließlich war Emden nicht New York. Dass zufälligerweise in diesem Moment gerade ein freies Taxi vorbeikommen würde, in dem er seine Jagd dann fortsetzen konnte, war mehr als unwahrscheinlich.

Glück gehabt, dachte Enno erleichtert, als Harald an einer Bushaltestelle stehen blieb und intensiv den ausgehängten Fahrplan studierte. Während sie gemeinsam auf den nächsten Bus warteten, fragte er sich immer wieder, warum – und mit welchem Ziel – Harald die Kundgebung so fluchtartig verlassen hatte.

Nach etwa zehn Minuten kam der Bus. Enno kaufte seine Fahrkarte direkt beim Fahrer und setzte sich anschließend zwei Reihen hinter den Verdächtigen. Nachdem sie einige Haltestationen passiert hatten, streckte Harald plötzlich seinen Arm empor, um auf einen der roten Knöpfe zu drücken, die dem Busfahrer signalisierten, dass er ihn an der nächsten Haltestelle rauslassen sollte.

Als Enno ebenfalls ausgestiegen war, schaute er sich Orientierung suchend um. Irgendwie kam ihm die Gegend bekannt vor. Wohnte in unmittelbarerer Nähe nicht auch Nicole Schepker? Sämtliche Alarmglocken fingen in seinem Kopf laut zu schrillen an. Konnte das ein Zufall sein?

***

Fassungslos verfolgte Hedda die Ansprache, die der durchaus redegewandte Mann auf der Bühne gerade hielt. Schwerpunktmäßig sprach er zwar über die Zukunft des EMW, aber immer wieder merkte er zwischen den Zeilen auch an, dass die wahren Probleme in diesem Land doch eigentlich einen ganz anderen Ursprung hatten. Außer ihr schien jedoch niemand zu bemerken, dass dies eigentlich nur eine stumpfe Wahlkampfveranstaltung der PTK war. Dick und Doof und alle Umherstehenden schienen jedenfalls förmlich an den

Lippen des Politikers zu kleben, der gestenreich auf der Bühne hin und her stolzierte. Immer wieder würdigte die Menge seine Worte mit anerkennendem Beifall oder zustimmenden Zwischenrufen.

Nachdem der erste Redner seine Ansprache beendet hatte, gab es eine kurze Unterbrechung. Wie die meisten anderen, nutzten auch Dick und Doof die Zeit, um sich zu unterhalten. Anfänglich sprachen sie nur über den Inhalt der Rede, aber plötzlich wurde es interessant und Hedda spitzte neugierig die Ohren.

»Wann kommen die denn endlich?«, Dick schaute auf seine Armbanduhr.

»Du kennst sie doch. Waren die jemals pünktlich?«, erwiderte Doof gleichgültig.

»Das mag schon sein, aber mein ganzer Plan geht nicht auf, wenn die beiden nicht pünktlich sind.« Angespannt versuchte der kleinere der beiden in die Richtung zu schauen, in der auch der Eingang zum Gelände lag. Aber aufgrund seiner geringen Körpergröße und der dichtstehenden Leute, die ihm das Sichtfeld blockierten, konnte er kaum etwas erkennen.

»Ich kann sie auch nicht sehen«, half ihm sein großgewachsener Freund, nachdem er die aussichtslosen Verrenkungen seines zu klein geratenen Kumpels bemerkt hatte.

»Ich werde noch wahnsinnig. Dabei hatte ich alles so gut geplant.« Vor Anspannung hatten sich bereits einige hektische rote Flecken in seinem ansonsten eher farblosen Gesicht gebildet.

Was haben die nur vor? Und von welchem Plan spricht er die ganze Zeit? Ob es irgendetwas mit dem NSW zu tun hat? Heddas kriminalistische Fantasie lief mal wieder auf Hochtouren. *Die werden doch keinen Anschlag geplant haben?* Ihr letzter Gedanke löste Panik bei ihr aus. Erst jetzt bemerkte sie den Stoffbeutel, den Dick schon die ganze Zeit über bei sich getragen hatte. War es möglich, dass er darin Sprengstoff aufbewahrte? Musste sie die Menge warnen, bevor er es zur Detonation bringen konnte? Aber wozu sollten die beiden ausgerechnet hier eine Bombe zünden? Das machte doch alles keinen Sinn.

»Scheiße, es geht los!«, sagte Doof. Seine Stimme zitterte vor Aufregung ein wenig. Immer wieder wechselte sein Blick von der Bühne zum Eingang und wieder zurück. Offensichtlich war auch er jetzt hochgradig nervös.

Der zweite Redner hatte gerade die Bühne betreten. Er ähnelte Dick in seiner Optik so sehr, dass Hedda davon ausging, dass die beiden Männer auch Brüder sein könnten. *Was haben die nur vor? Und auf wen warten sie die ganze Zeit? Und vor allem: Warum?*

»Kannst du ihm nicht ein Zeichen geben?«, fragte Doof seinen zu klein geratenen Kumpel.

»Wie denn?«, motzte Dick ihn an. Die hektischen Flecken hatten sich mittlerweile zu einer roten Fläche vereinigt, die nahezu sein komplettes Gesicht bedeckte.

»Soll ich sie vielleicht mal anrufen?« Doof griff in seine Tasche und holte ein Handy heraus.

»Nein!«, motzte Dick ihn erneut an und riss ihm das Mobiltelefon aus der Hand. »Die ist doch genauso blöd wie du! Am Ende verplappert die sich noch!«

Sie warten also auf eine Frau!, kombinierte Hedda und schaute jetzt ebenfalls in Richtung des Einganges.

Mit gesenktem Kopf und hängenden Schultern vergrub Doof die Hände in seinen Jackentaschen. Die Worte seines Freundes schienen ihn offensichtlich verletzt zu haben.

Der Mann auf der Bühne räusperte sich in das Mikrofon. Nach und nach wurde das Gemurmel in der Menge leiser, bis es schließlich fast vollständig verstummte.

»Bevor ich meine Rede beginne, möchte ich meinem Bruder die Gelegenheit geben, etwas zu tun, was sein Leben für immer verändern wird.« Mit ausgestrecktem Arm zeigte er von der Bühne aus auf Dick.

Es ist tatsächlich sein Bruder!, dachte Hedda, jetzt doch ein wenig überrascht. Gleich zwei derart hässliche Kinder würde sie keiner Mutter wünschen.

Dick warf einen letzten fragenden Blick zum Eingangsbereich und begab sich dann auf den Weg zur Bühne. Um Zeit zu gewinnen, lief er dabei bewusst langsam.

Hedda beobachtete Doof ganz genau, während auch er seinen Kumpel auf die Bühne zusteuern sah. Im Gegensatz zu ihm wirkte er aber keineswegs ängstlich. *Wenn er in die Pläne eingeweiht ist, wird es sich wohl doch nicht um einen Sprengstoffangriff handeln*, dachte Hedda beruhigt. *So locker würde wahrscheinlich niemand seinem nahenden Tod entgegensehen. Aber was zum Teufel haben sie dann vor?*

»Da sind sie ja endlich!« Doofs näselnde Stimme klang erleichtert. Er reckte seinen Arm in die Höhe und hielt den Daumen hoch. *War das das vereinbarte Zeichen? Geht es jetzt los?* Hedda versuchte, das Geschehen auf der Bühne im Auge zu behalten und gleichzeitig in der Menschenmenge die sehnsüchtig erwarteten Ankömmlinge auszumachen.

Dick betrat die Bühne. Er umfasste den Mikrofonständer mit beiden Händen und räusperte sich mehrfach. Als auch er endlich den erhobenen Daumen seines Kumpels entdeckt hatte, huschte für einen kurzen Moment ein Lächeln über sein Gesicht. Doch bereits im nächsten Augenblick sah er wieder genauso angespannt aus wie noch wenige Sekunden zuvor.

Sein Bruder hatte zwischenzeitlich die Bühne verlassen. Ob auch er in die Pläne eingeweiht war? Brachte er sich in Sicherheit, um nicht verletzt zu werden?

»Ich weiß, für viele von euch geht es heute um ein sehr ernstes Thema. Ich will diese Veranstaltung daher auch nicht lange stören.« Er schnappte hörbar nach Luft, griff in seinen Stoffbeutel, holte einen silbrig glänzenden Gegenstand heraus und reckte ihn in die Höhe.

Ein Raunen ging durch die Menge.

Was ist das? Hedda kniff die Augen zusammen, um das Ding in seiner Hand besser erkennen zu können. *Ist das eine Suppenkelle? Was will er denn mit einer Suppenkelle?*

»Marion …« Erneut musste er sich räuspern, bevor er weitersprechen konnte. »Marion, du hast einmal zu mir gesagt, du würdest nur einen Mann heiraten, der auch kochen kann.«

»Ist der verrückt geworden?«, hörte Hedda plötzlich eine weibliche Stimme neben sich. Sie drehte ihren Kopf zur Seite und sah eine kleine, ebenfalls sehr rundliche Frau neben sich stehen. An ihrer Seite stand eine etwas größere, aber keinesfalls schlankere Dame, die sich ganz dicht an Doof gekuschelt hatte. *Haben die etwa die ganze Zeit über nur auf ihre Freundinnen gewartet? Und ich dachte, die führen etwas Verbotenes im Schilde!* Sie unterdrückte ihren inneren Drang, sich mit der flachen Hand vor die Stirn zu schlagen.

»Ich habe deshalb für dich einen Kochkurs besucht und erfolgreich abgeschlossen«, setzte Dick seine offenkundig einstudierte Rede fort.

Der kann ja richtig romantisch sein, stellte Hedda überrascht fest.

Seine Zukünftige schien dasselbe zu denken. Sie hatte beide Hände auf ihre Wangen gelegt und starrte verliebt zur Bühne hinauf.

»Du hast auch zu mir gesagt, du würdest nur bei einem Heiratsantrag vor ganz großem Publikum *Ja* sagen.« Erneut griff Dick in seine Tragetasche und holte etwas heraus.

Der Gegenstand war jedoch so klein, dass er für Hedda aus dieser Entfernung nicht genau zu erkennen war. *Könnte eine Schmuckschatulle sein*, mutmaßte sie.

»Darum möchte ich dich heute fragen …« Mühsam ließ er sich auf die Knie sinken. »Möchtest du mich heiraten?«

»JAAAAAAA!« Die Frau neben Hedda schrie so laut, dass ihr beinahe das Trommelfell geplatzt wäre. Vor Begeisterung juchzend, bahnte sie sich eiligen Schrittes ihren Weg zur Bühne. Als sie dort angekommen war, blieb sie direkt vor ihrem, immer noch knienden Ehemann in spe, stehen.

Als Hedda mit ansah, wie Dick seiner Zukünftigen einen Verlobungsring an den Finger steckte, sich mühselig wieder erhob, um sie anschließend in die Arme zu nehmen und zu küssen, wurde es ihr ganz warm ums Herz. *Es gibt also doch für jeden Topf den passenden Deckel!*

✳✳✳

Enno beobachtete den Verdächtigen dabei, wie er immer wieder am Hauseingang des Wohnkomplexes vorbeiging, in dem auch Nicole Schepker wohnte. Den Besenstiel mit dem selbstbeschrifteten Pappkarton nutzte er dabei wie eine Art Wanderstock. Ein paar Male war er sogar stehen geblieben und hatte für einen kurzen Moment auf das Klingelschild gestarrt. Wollte er nur sichergehen, dass er vor der richtigen Tür patrouillierte oder dachte er sogar darüber nach, ob er bei ihr klingeln sollte?

Mit dem großen Schild in der Hand ist er auf jeden Fall nicht besonders unauffällig, dachte Enno kopfschüttelnd. *Was auch immer er vorhat, er scheint es nicht gerade gründlich durchdacht zu haben,* überlegte er weiter und erinnerte sich dabei an den Moment zurück, als Harald fluchtartig die Demonstration verlassen hatte.

Mittlerweile war die Sonne bereits untergegangen, aber die Straßenlaternen sorgten für genügend Beleuchtung, sodass Enno trotzdem alles gut erkennen konnte. Er hatte sich in einem

Geschäftseingang versteckt, von wo aus er, durch das verwinkelte Schaufenster hindurch, eine gute Sicht auf den Hauseingang der Familie Schepker hatte. Die Temperaturen lagen deutlich unter dem Gefrierpunkt. Immer wieder vergrub er seine Hände tief in den Jackentaschen und holte sie nur ab und zu wieder heraus, um Hedda per WhatsApp auf dem Laufenden zu halten.

Im Hotelzimmer zu sitzen und abzuwarten war für die junge Ermittlerin unerträglich. Am liebsten wäre sie ihrem Freund nach Beendigung der Kundgebung sofort hinterhergefahren, um ihn bei der Beschattung zu unterstützen. Aber das Risiko, dass der Verdächtige sie entdecken und wiedererkennen könnte, war einfach zu groß.

Was hat er nur vor? Enno warf einen flüchtigen Blick auf seine Armbanduhr. *Seit zwei Stunden läuft der hier jetzt schon auf und ab.*

In diesem Moment beobachtete er, wie Harald plötzlich zusammenzuckte, einen hektischen Schritt zur Seite machte und sich im Türrahmen eines benachbarten Mehrfamilienhauses versteckte. Ennos nächster Blick galt dem Hauseingang der Familie Schepker, aus dem gerade eine weibliche Person ins Freie getreten war. Sie trug einen eng geschnittenen Wintermantel und hohe, mit Fell besetzte Stiefel. Ihr Gesicht war unter dem schwarzen Wollschal und der dazu passenden Mütze kaum zu erkennen. Es hätte im Prinzip jede weibliche Bewohnerin des Mehrfamilienhauses sein können, wäre da nicht der kleine Jack Russell gewesen, den sie an einer Leine mit sich führte. Aufgeregt sprang der Hund um ihre Beine herum. Ihm schien die Kälte überhaupt nichts auszumachen.

Anscheinend geht es Frau Schepker heute besser, dachte Enno. Nach ihrem letzten Besuch hätte er es nicht für möglich gehalten, dass die kranke Frau, die damals kaum vom Sofa aufstehen konnte, zu einem Spaziergang fähig gewesen wäre.

Moritz Mutter bog in die entgegengesetzte Richtung ab. Als sie bereits ein paar Schritte gegangen war, wagte sich auch Harald aus seinem Versteck und folgte ihr. Zügigen Schrittes verkürzte er den Abstand zu der vor ihm laufenden Hundehalterin.

Scheiße! Der wird ihr doch nichts antun wollen? Enno bemühte sich, den beiden möglichst unauffällig zu folgen. Sie gingen die Emsmauerstraße entlang, vorbei an der Johannes a Lasco Bibliothek Richtung Burgplatz, einer mit Bäumen bewachsenen, kleinen Grünanlage. Den Abstand zu dem Verdächtigen hatte Enno zwischenzeitlich auf wenige Meter verkürzt. Sollte der Mann mit der Rechtschreibschwäche tatsächlich einen Angriff geplant haben, dann war dieser Platz weit und breit wohl der geeignetste Ort dafür.

Kaum hatte Nicole Schepker den Burgplatz betreten, wurden die Schritte ihres Verfolgers merklich schneller. Außer ihnen war keine Menschenseele auf der Grünanlage zu sehen.

Scheiße, was hat er vor? Enno war von der plötzlichen Beschleunigung des Verdächtigen so überrascht, dass er instinktiv vom strammen Spaziergang in den Laufschritt wechselte. Beunruhigt musste er mit ansehen, dass Harald nur noch wenige Schritte von Moritz Mutter trennten. *Hört die ihn denn nicht?*

Als der Verdächtige eine Hand aus der Jackentasche zog und den Arm nach der jetzt direkt vor ihm gehenden Nicole Schepker ausstreckte, spurtete Enno los. »Vorsicht!« Sein Schrei war so laut, dass sich sowohl Harald als auch die Frau erschrocken zu ihm umdrehten.

Was hat er da in der Hand? Im vollen Laufschritt konnte Enno den Gegenstand, den der Verdächtige aus der Jackentasche gezogen haben musste, nicht genau erkennen. Ungebremst rannte er in den Mann hinein, warf ihn zu Boden und packte ihn am Handgelenk. »Fallen lassen!«, schrie er den verdutzt dreinschauenden Harald bestimmt an.

»Was ist denn hier los?« Die Frau, der die beiden Männer bis eben noch gefolgt waren, griff unter ihre Mütze und zog sich die Kopfhörer ihres MP3-Players aus den Ohren. Ein Blick in ihr jugendliches Gesicht genügte, um zu erkennen, dass es sich bei ihr nicht um Nicole Schepker handelte.

Aufgeregt umrundete der kleine Jack Russel die am Boden liegenden Männer und kläffte dabei so laut er nur konnte. Er schien das Ganze für ein Spiel zu halten.

»Dieser Mann wollte Sie rücklings angreifen!«, versuchte Enno die Situation aufzuklären, ohne dabei Harald aus den Augen zu lassen. »Lass jetzt sofort die Waffe fallen!«, forderte er ihn ein weiteres Mal auf.

»Ich wollte überhaupt niemanden überfallen. Und von was für einer Waffe faselst du da eigentlich?« Harald ließ einen rundlichen Gegenstand aus seiner Hand gleiten.

Die junge Frau bückte sich danach, hob ihn auf und betrachtete ihn genauer. »Das ist eine Schneekugel«, sagte sie. »Da ist ein Foto von meiner Nachbarin und ihrem verstorbenen Sohn drin. Die Aufnahme scheint aber schon ein paar Jahre alt zu sein.«

»Sie kennen Nicole Schepker?«, fragte Enno.

Die junge Frau nickte. »Ja, ich wohne mit meinen Eltern seit ein paar Monaten direkt unter ihr. Ich gehe mit ihrem Hund raus, seit sie selbst zu krank dafür geworden ist. Ihr Mann kommt mit dem kleinen Racker angeblich nicht zurecht. Dabei ist er doch so süß!« Verständnislos zuckte sie mit den Achseln und lächelte dabei den Jack Russel Terrier an, der immer noch schwanzwedelnd die beiden Männer belauerte.

Enno, der unverändert die Handgelenke des Verdächtigen festhielt und Harald mit seinem ganzen Körpergewicht zu Boden presste, schaute auf den rundlichen Gegenstand, den die junge Frau in der Hand hielt. »Eine Schneekugel?«, murmelte er geistesabwesend. Die Frage war an keinen bestimmten Adressaten gerichtet, sondern war viel mehr ein laut ausgesprochener Gedanke. Dennoch fühlten sich sowohl die junge Frau als auch Harald angesprochen.

»Ja, ganz eindeutig«, bestätigte die junge Hundeausführerin noch einmal ihren ersten Befund.

»Es ist nur eine beschissene Schneekugel«, schrie Harald Enno wütend an. Mit einigen Körperdrehungen versuchte er, sich aus seiner unkomfortablen Situation zu befreien.

»Was hattest du damit vor? Wolltest du Nicole Schepker damit erschlagen?«

Erschrocken schlug die junge Frau ihre Hände vor das Gesicht. Ihr schien erst jetzt bewusst geworden zu sein, in welch großer Gefahr sie sich eventuell befunden hatte.

»So ein Quatsch!«, schimpfte Harald weiter. »Ich wollte sie ihr nur zurückgeben. Ich konnte doch nicht ahnen, dass es sich bei ihr gar nicht um Nicole handelt. Ich habe nur den Hund gesehen und da …«

»Bist du ihr heimlich hierher gefolgt«, unterbrach Enno ihn. »Wieso hast du sie nicht gleich auf der Straße angesprochen oder bei ihr geklingelt. Waren die zwei Stunden, die du vor ihrem Haus herumgelungert hat, nicht ausreichend genug, um sich darüber Gedanken zu machen?«

»Ich …« Wütend presste Harald die Lippen aufeinander. »Ich habe mich nicht getraut«, gestand er zähneknirschend ein.

Verdutzt legte Enno die Stirn in Falten. »Nicht getraut? Woher kennst du Nicole Schepker überhaupt, und warum hast du ihre Schneekugel?«

Harald schloss für einen Moment die Augen, atmete tief ein und ließ die Luft unter einem lauten Seufzer wieder aus seinen Nasenlöchern entweichen. Die Feuchtigkeit seines Atems kondensierte sofort an der kalten Winterluft. »Ich war …« Er presste erneut die Lippen zusammen. »Ich bin noch immer in sie verliebt. Ich habe sie etwa ein Jahr nach dem Tod ihres Mannes kennengelernt. Ich habe damals noch als Elektriker gearbeitet und war ein paar Mal bei ihr zu Hause, um ihre Spülmaschine zu reparieren. Dabei haben wir uns unterhalten und so habe ich auch vom Tod ihres Mannes erfahren. Ich wollte meine Chance nutzten und habe recht offensiv mit ihr geflirtet. Aber sie hat mich abblitzen lassen. Sie hat gesagt, ihr verstorbener Mann wäre ihr Seelenverwandter gewesen, und sie könne sich mit niemandem sonst eine Beziehung vorstellen.«

»Und die Schneekugel?«, hakte Enno nach?

Beschämt ließ Harald die Augenlider sinken. »Die habe ich aus ihrer Wohnung gestohlen. Ich wollte ein Andenken an sie haben.«

Enno überlegt kurz. »Und warum hast du ihr den Drohbrief geschrieben?«, platzte es ohne Vorwarnung aus ihm heraus.

»Ich … Was? … Wovon redest du?«, stammelte Harald, während seine Augen hektisch herumzuckten, um so Ennos stechendem Blick zu entgehen.

»Verarsch mich nicht! Nicole Schepker hat uns den anonymen Drohbrief gezeigt. Er enthält den gleichen Rechtschreibfehler, den du auch auf dem Plakat bei der Demo gemacht hast.«

Verängstigt schaute Harald zu Enno hinauf. »Das kann doch auch ein Zufall sein«, stammelte er, klang dabei aber von seinen eigenen Worten selbst nicht überzeugt zu sein.

»Du hast Zukunft mit *d* geschrieben«, schnaufte Enno verächtlich. »Ich glaube nicht, dass so ein Fehler vielen Leuten unterlaufen würde.«

»Ich habe eine Lese- und Schreibschwäche, du Arschloch!«

»Also gibst du es zu?«, hakte Enno zufrieden nach.

»Ja!« Bockig schob Harald die Unterlippe leicht vor. »Nachdem ich eine Zeit lang arbeitslos gewesen bin, habe ich über eine Agentur eine befristete Stelle bei EMW bekommen. Da habe ich Nicole dann eher zufällig wiedergesehen. Meine Gefühle für sie waren sofort wieder da. Als ich aber dann von einigen Kollegen erfahren musste, dass sie schon seit Längerem in einer festen Beziehung lebt, war ich einfach nur wütend. Von wegen, sie kann sich nach dem Tod ihres Seelenverwandten keine Beziehung zu einem anderen Mann mehr vorstellen. Das war alles nur ein Riesen-Bullshit, um mich abzuwimmeln. In meiner Wut habe ich ihr dann diesen Brief geschrieben.«

»Und warum wolltest du ihr gerade jetzt die Schneekugel wiedergeben?«, fragte Enno.

»Ich habe gerade erst erfahren, dass ihr Sohn ermordet worden ist. In den letzten Wochen war ich wegen psychischer Probleme krankgeschrieben. Ich wusste zwar von dem ermordeten Jungen, aber ich konnte doch nicht ahnen, dass es sich dabei um ihren Sohn handelt.« Er schluckte. »Ich wollte ihr gestehen, dass der Drohbrief von mir kommt. Sie sollte einfach keine Angst mehr …«

»BULLSHIT!«, schrie Enno ihn wütend an. Reflexartig hob er seine Faust zum Schlag, konnte sich aber in letzter Sekunde doch noch zurückhalten. »Du hattest Angst, dass die Polizei eine Verbindung zwischen dem Brief und dem Mord herstellen könnte. Du wolltest nur deinen dreckigen Arsch retten!« Wutschnaubend schaute er dem unter ihm liegenden Mann in die Augen. Erst als dieser in Tränen ausbrach und lautstark seine jämmerliche Existenz zu beklagen begann, ließ er von ihm ab.

»Du lässt dich nie wieder in der Nähe von Nicole Schepker blicken, verstanden?« Enno bückte sich und hob das Demonstrationsschild auf, das neben Harald auf dem Boden lag. »Das hier werde ich als Beweismittel behalten. Solltest du auch nur in ihre Nähe kommen, übergebe ich das der Polizei.«

Harald wischte sich die Tränen aus dem Gesicht, nickte kaum sichtbar und erhob sich dann schwerfällig vom gefrorenen Boden. »Ich wollte ihr wirklich nicht …«

»Hau ab!«, schrie Enno ihn wütend an.

Kapitel 7

Der Stein des Anstoßes

Wieder einmal hatten Hedda und Enno das Gefühl in einer Sackgasse zu stecken.

»Jetzt bleibt uns nur noch Tjalda«, fasste Hedda den Stand ihrer Ermittlungen ernüchtert zusammen.

Erinnerungen an ihren Fall in Norddeich kamen wieder in ihnen hoch. Damals hatten sie den Mord letztlich nur mithilfe des Zufalls und der Unterstützung der Geheimeinheit aufklären können. Doch auf Jörg und ihre neuen Kollegen durften sie dieses Mal nicht hoffen. Immerhin ermittelten sie in Emden auf eigene Faust und gegen den ausdrücklichen Befehl ihres neuen Vorgesetzten.

»Moritz Mutter meinte doch, dass Tjalda bei Rot-Weiß Borssum Volleyball spielt. Lass uns mal im Internet nachschauen. Vielleicht finden wir dort ihren Namen und die Trainingszeiten der Mannschaft«, schlug Enno vor.

»Gute Idee!« Sofort zückte Hedda ihr Smartphone und tippte etwas in die Suchleiste ihres Browsers ein. »Auf der Homepage des Vereins gibt es eine separate Unterkategorie für die Volleyballsparte.« Sie setzte sich neben Enno auf das Hotelbett, damit er gemeinsam mit ihr auf das Display schauen konnte.

»Ein Spielbericht vom letzten Punktspiel der dritten Damen«, murmelte Enno, während er den Text überflog. »Und da unten steht auch tatsächlich ihr Name!«

»Wo?«, fragte Hedda aufgeregt.

»Na da!« Enno tippte auf die unteren Zeilen des Artikels, in der die Namen der Frauen aufgeführt waren, die bei dem Punktspiel mitgewirkt hatten.

»Du hast recht! Da steht es: Tjalda Brürch. Meinst du, sie ist die Ex-Freundin von Moritz?«

Enno überlegte kurz. »Dass es zufälligerweise noch ein zweites Mädchen geben soll, die ebenfalls in demselben Verein Volleyball spielt und dann auch noch diesen eher seltenen Vornamen trägt, halte ich für ausgeschlossen.«

Hedda nickte zustimmend. »Da hast du ja schon wieder recht. Da kann irgendetwas nicht stimmen.« Frech grinsend stieß sie ihm mit dem Ellenbogen in die Seite.

Enno tat so, als habe er die provozierende Äußerung seiner Freundin nicht gehört. »Da steht auch noch, dass die Mannschaft heute Nachmittag ein Freundschaftsspiel bestreitet. Das ist die Gelegenheit, um den Kontakt zu Tjalda herzustellen.«

»15:00 Uhr«, überlegte Hedda laut. »Das ist erst in vier Stunden. Was sollen wir denn bis dahin noch machen?«

»Nun ja ...« Ein feistes Lächeln huschte über Ennos Gesicht. »Ich könnte zum Beispiel die Zeit nutzen, um dir deine Unverschämtheiten auszutreiben.« Ohne Vorwarnung packte er sie an den Schultern, warf sie rücklings aufs Bett und legte sich auf sie. »Oder hast du eine bessere Idee?« Er ließ ihr keine Zeit zu antworten, zwinkerte ihr stattdessen vielsagend zu und küsste sie leidenschaftlich.

***

Bereits gegen 14:15 Uhr fanden sich Hedda und Enno vor der Turnhalle am Ems-Stadion ein, welche sich die Sportler von Rot-Weiß Borssum mit einem anderen ortsansässigen Verein teilten. Draußen vor der Halle standen bereits einige junge Frauen und schauten nervös die lang gezogene Auffahrt zum Sportgelände hinauf. Alle waren mit einem einheitlichen, rot-weißen Trainingsanzug bekleidet und hatten jeweils eine Sporttasche neben ihren Füßen stehen. Sie waren daher leicht als aktive Vereinsmitglieder zu erkennen.

Hedda schätzte, dass keine der Spielerinnen älter als einundzwanzig war. *Ob eine von denen Tjalda ist?*, fragte sie sich und stellte sich gemeinsam mit Enno in die unmittelbare Nähe der Gruppe, um so deren Gespräche besser belauschen zu können.

»Wenn Anneke nicht gleich kommt, können wir das Spiel absagen«, maulte plötzlich die Kleinste aus der Gruppe und verschränkte genervt die Arme vor der Brust.

»Hast du sie noch einmal auf dem Handy angerufen?«, fragte eine andere. Sie trug einen langen Pferdeschwanz.

»Ja, sogar schon dreimal«, antwortete eine großgewachsene Rothaarige. »Sie geht einfach nicht ran!«

»Wahrscheinlich ist die wieder bei ihrem neuen Freund. Wäre ja nicht das erste Mal!«, beteiligte sich jetzt auch die einzige Brillenträgerin an der Unterhaltung.

»Sie hat versprochen, dass sie kommt, also kommt sie auch!«, rief die letzte in der Runde die Gruppe zur Ruhe auf. Sie war groß, schlank und hatte ein auffallend hübsches Gesicht, das von langen braunen Haaren eingerahmt wurde.

»Tjalda, du glaubst wohl auch noch an den Weihnachtsmann!« Die Rothaarige schüttelte schmunzelnd den Kopf.

Das ist also Tjalda, dachte Hedda und musterte das gut aussehende Mädchen möglichst unauffällig. Sie konnte gut verstehen, dass sowohl Moritz als auch Navid von ihr begeistert gewesen waren. Sie war wirklich unglaublich schön.

Ennos Gedanken kreisten indes um etwas ganz anderes. *Beim Volleyball stehen pro Mannschaft sechs Spieler auf dem Feld. Wenn diese Anneke nicht mehr kommt, können sie also tatsächlich nicht antreten.*

Während die anwesenden Spielerinnen weiter auf ihr fehlendes Teammitglied warteten, kam eine Gruppe junger Frauen den langen Weg auf die Turnhalle zugelaufen. Alle trugen rot-schwarze Trainingsanzüge und hatten jeweils eine farblich dazu passende Sporttasche dabei.

»Da kommen schon unsere Gegnerinnen«, sagte die Brillenträgerin und zeigte mit dem ausgestreckten Arm auf die Gruppe, die direkt auf sie zusteuerte.

»Vielleicht können die uns eine ihrer Spielerinnen ausleihen. Ist doch schließlich nur ein Freundschaftsspiel«, sprach Tjalda ihren Gedanken laut aus. Auch sie hatte zwischenzeitlich die Hoffnung auf Annekes Erscheinen aufgegeben.

»Zähl doch mal nach! Die sind auch nur zu sechst«, entgegnete die Kleinste der Runde. Sie hatte noch immer die Arme vor der Brust verschränkt, schaute jetzt allerdings noch genervter, als sie es noch vor einigen Minuten getan hatte.

»So ein Mist! Und ich hatte mich schon so auf das Spiel gefreut!« Enttäuscht ließ die Spielerin mit dem Pferdeschwanz den Kopf auf die Brust sinken.

»Entschuldigung! Ich habe von eurem Problem gehört und kann vielleicht helfen«, mischte sich jetzt Enno in das Gespräch ein.

Alle Spielerinnen und auch Hedda drehten ihre Köpfe in seine Richtung und schauten ihn mit erwartungsvollen Blicken an.

»Meine Freundin ist gerade erst nach Emden gezogen. Sie möchte hier auch gerne Volleyball spielen. Eigentlich wollten wir ja nur zuschauen, aber wo eure personelle Situation gerade so schwierig ist, könnte sie euch ja vielleicht heute schon aushelfen.«

Ungläubig starrte Hedda ihren Freund an. Sie hatte noch nie in ihrem Leben einen Volleyball in den Händen gehalten. Wie kam Enno nur dazu, so etwas anzubieten, ohne sie vorher danach zu fragen. »Ehrlich gesagt habe ich noch nie wirklich gespielt. Ich kann euch daher wahrscheinlich nicht besonders weiterhelfen«, versuchte Hedda zurückzurudern.

»Das kriegen wir schon hin!« Voller Optimismus hakte sich Tjalda bei Hedda unter und zog sie mit sich in die Turnhalle.

»Aber ich habe doch überhaupt keine Turnsachen dabei«, wagte Hedda einen letzten kleinlauten Widerspruch.

»Kein Problem, wir leihen dir was. Eine von uns wird schon deine Größe haben. Und die Trikots sind ohnehin alle in der Umkleidekabine.«

Innerlich lächelnd, aber auch ein wenig besorgt, schaute Enno zu, wie seine Freundin, zusammen mit den anderen Spielerinnen, in der Umkleidekabine verschwand.

Nach einer kurzen Regelkunde betrat Hedda zusammen mit den anderen fünf die Turnhalle. *In einer Viertelstunde beginnt bereits das Spiel*, stellte sie beunruhigt fest, nachdem sie einen flüchtigen Blick auf die große Uhr an der Hallenwand geworfen hatte. Ihre Knie waren weich und ihr Magen rumorte. Auch der Anblick der gegnerischen Mannschaft, die sich bereits auf ihrer Hälfte des Spielfeldes aufwärmte, beruhigte sie kein bisschen. *Das schaffe ich nie!* Hilfesuchend schaute sie zu Tjalda hinüber.

»Halte mal deine Hände so!« Tjalda hatte ihre Arme lang ausgestreckt und ihre Finger so ineinander verkeilt, dass ihre beiden Daumen direkt nebeneinander lagen.

Hedda machte es ihr nach.

»Gut so! Und jetzt pass auf!« Ohne Vorwarnung warf sie ihr einen Volleyball zu.

Reflexartig hob Hedda ihre Arme ein wenig an und baggerte den Ball im hohen Bogen zu ihr zurück.

»Super!«, lobte Tjalda sie. »Du scheinst ein Naturtalent zu sein.« Beim Lächeln entblößten ihre Lippen eine Reihe strahlend weißer Zähne.

Angesteckt von der freundlichen Art ihrer Trainerin musste auch Hedda lächeln.

»Und jetzt versuch mal das!« Tjalda bildetet mit den Daumen und den Zeigefingern ihrer Hände ein Dreieck und reckte dann die Arme über den Kopf.

Wieder machte Hedda ihr die Bewegung nach und parierte auch diesen Ball ebenso gut wie den vorherigen.

»Wenn du das im Spiel genauso hinbekommst, kann nichts mehr schiefgehen.« Tjalda lächelte sie aufmunternd an.

Dann ertönte bereits der Pfiff des Schiedsrichters.

Als Hedda sich auf ihrer Startposition des Spielfeldes aufstellte, saß Enno als einer von wenigen Zuschauern am Spielfeldrand und drückte ihr die Daumen. Der Anblick seiner Freundin, die in den kurzen, eng sitzenden Hosen und dem figurbetonten Trikot einfach nur sexy aussah, erfüllte ihn mit großem Stolz.

***

Heddas Mannschaft verlor das Spiel knapp. Das gegnerische Team hatte die junge Ermittlerin schnell als Schwachpunkt ausgemacht und immer wieder bewusst den Ball in ihre Richtung geschlagen. Zwar gelang es ihr durchaus, einige der Angriffe abzuwehren, aber trotz eines gewissen Talents spielte sie natürlich auf dem Niveau einer blutigen Anfängerin.

Mit gesenktem Kopf und hängenden Schultern trottete sie vom Spielfeld. In der Rolle der Loserin fühlte sie sich sehr unwohl.

»Hey, für das erste Mal war das echt super!« Tjalda kam von hinten auf sie zugelaufen und legte ihr den Arm um die Schultern.

»Ohne mich hättet ihr sicher gewonnen.«

»So ein Quatsch! Ohne dich hätten wir nicht einmal antreten können. Das hat echt Spaß gemacht. Vielen Dank, dass du so spontan eingesprungen bist.«

Durch das Gespräch abgelenkt, bemerkte Hedda nicht, wie die übrigen Mitspielerinnen sich von hinten an sie heranschlichen. Zwei Frauen packten sie an den Kniekehlen, während die anderen ihr unter die Achseln griffen. Unter lauten »Hedda, Hedda«-Rufen trug ihre Mannschaft sie in die Kabine.

***

Enno wartete vor der Halle auf seine Freundin. Hedda kam als Erste aus der Umkleidekabine und steuerte direkt auf ihn zu. Sie legte ihre Hände auf seine Schultern, stellte sich auf die Zehenspitzen und gab ihm einen Kuss.

»Tjalda und die Mädels haben mich gefragt, ob ich heute Abend mit ihnen auf Tour gehen möchte. Das ist vielleicht die Gelegenheit, um mehr über Moritz und Navid zu erfahren«, flüsterte sie ihm ins Ohr.

»Wo geht ihr denn hin?«, fragte Enno.

»Die haben wohl schon einen Tisch im Mojito bestellt. Anschließend wollen sie noch in die Stadt.«

»Soll ich euch hinfahren?«

»Nicht nötig! Der Vater einer Mitspielerin hat einen Minibus. Er holt uns gleich ab und bringt uns zum Restaurant. Er würde mich nachher auch wieder nach Hause bringen.«

»Werden die Mädels nicht stutzig, wenn du dich beim Hotel absetzen lässt?«

»Mist, daran habe ich überhaupt nicht gedacht.« Nachdenklich knetete Hedda an ihrer Unterlippe herum.

»Kurz vor dem Stadiongelände sind wir doch an einer Reihe großer Mehrfamilienhäuser vorbeigekommen. Lass dich doch dort einfach absetzen und ich hole dich dann mit dem Auto ab«, schlug Enno vor.

»Aber dann musst du doch total weit fahren«, gab Hedda zu bedenken. »Ich kann mich doch auch in Hinte absetzen lassen.«

Enno schüttelte energisch den Kopf. »Das ist keine gute Idee! Wir haben behauptet, du bist heute hierhergekommen, weil du vielleicht zukünftig hier Volleyball spielen möchtest. Wäre es nicht unglaubwürdig, wenn du in Hinte wohnen, dir aber als Verein eine unterklassige Mannschaft aus Borssum aussuchen würdest?«

»Du hast recht! Wie gut, dass ich mit einem ehemaligen Polizisten zusammen bin.« Hedda strahlte Enno glücklich an und gab ihm noch einen weiteren Kuss.

Über ihren Kopf hinweg konnte Enno sehen, wie die anderen Spielerinnen aus der Umkleidekabine kamen. »Achtung, sie kommen«, flüsterte er Hedda zu. »Viel Spaß, und viel Erfolg heute Abend!«

»Danke! Was wirst du denn machen, so ganz alleine ohne mich?«

»Ich werde Ilias anrufen. Ich hoffe, mit den Proben für das Konzert läuft alles. Außerdem werde ich noch einmal versuchen, ihn davon zu überzeugen, dass ich wenigstens mit seinem Kumpel Navid telefonieren darf.«

»Viel Glück!« Hedda gab ihm einen weiteren Kuss.

In diesem Moment traten die übrigen Spielerinnen durch die Glastür des Sportheims ins Freie.

»Kannst du sie für ein paar Stunden entbehren?«, wandte sich Tjalda direkt an Enno.

»Ich werde es versuchen«, antwortete er schmunzelnd.

»Los, kommt, mein Vater wartet schon vorne an der Straße!« Die Brillenträgerin ging voraus und der Rest des Teams folgte ihr.

»Bis später!« Noch einmal stellte Hedda sich auf ihre Zehenspitzen und gab Enno zum Abschied einen innigen Kuss. »Ich trage übrigens keine Unterwäsche mehr«, flüsterte sie ihm verheißungsvoll ins Ohr und drückte ihm gleichzeitig eine Plastiktüte mit ihrer verschwitzten Wäsche in die Hand. Dann drehte sie sich um und folgte den vorausgegangenen Spielerinnen im Laufschritt.

***

Nachdem sie einen lustigen Abend mit Chicken Wings, Tapas und Nachos im Mojito verbracht hatten, hatte sich die fröhliche Damenrunde spontan dazu entschlossen, ins Kino zu gehen. Gemeinsam einigte man sich auf den Film »100 Dinge«. Hedda fand es zwar ziemlich albern, dass die meisten sich nur deshalb für diesen Blockbuster entschieden hatten, weil auf dem Plakat Matthias Schweighöfer und Florian David Fitz nackt zu sehen waren, aber sie war ja ohnehin nicht mitgekommen, um sich einen Film anzusehen.

Während sie im Kinosaal auf den Beginn der Vorstellung warteten, versuchte Hedda möglichst unauffällig, Tjalda einige Informationen über Navid und Moritz zu entlocken. Nach ein wenig Small Talk zu den Themen Volleyball, Hobbys, Schule, Studium und Ausbildung, lenkte sie das Gespräch daher auf die richtige Fährte.

»Hast du eigentlich auch einen Freund?«

Tjaldas fröhliche Gesichtszüge erstarrten augenblicklich. Sie überlegte einen Moment, bevor sie Hedda eine Antwort gab. »Nein«, antwortete sie knapp. »Ich habe gerade erst eine Beziehung hinter mir und habe aktuell echt keinen Männerbedarf.«

»War er so schlimm?«, hakte Hedda nach und versuchte sich dabei in einem schelmischen Grinsen.

»Er ist tot.« Tjalda schluckte.

»Was?« Hedda riss die Augen weit auf und ließ ihren Unterkiefer nach unten klappen. Genauso hatte man ihr im Schauspielunterricht einen fassungslosen Gesichtsausdruck beigebracht.

»Wir waren schon nicht mehr zusammen, als er gestorben ist. Aber trotzdem lastet mir die ganze Geschichte immer noch auf der Seele.« Tjalda versuchte, die aufsteigenden Tränen zu unterdrücken.

»War er krank?«

»Er ist erschlagen worden«, brachen sowohl die Worte als auch die Tränen aus ihr heraus.

Sofort zückte Hedda eine Packung Taschentücher aus ihrer Handtasche und reichte sie ihr. Sie schämte sich dafür, absichtlich dieses Gefühlschaos in ihrer Gesprächspartnerin ausgelöst zu haben. »Sorry, ich wusste ja nicht. Du musst …« Gerade noch rechtzeitig beendete Hedda ihren Satz. Beinahe hätte sie ihrer Sitznachbarin angeboten, nicht über das Erlebte sprechen zu müssen.

Tjalda wischte sich mit dem Taschentuch die Feuchtigkeit aus den Augen. »Schon gut, konntest du ja nicht wissen. Ich fühle mich nur schuldig, weil er von dem Typen erschlagen worden sein soll, mit dem ich während unserer Beziehung einen Seitensprung hatte.«

»Ach du Scheiße!« Hedda schlug sich die Hand vor den Mund und achtete weiterhin darauf, ihre Augen möglichst weit aufzureißen. »Aber dafür kannst du doch nichts.« Behutsam legte sie ihr eine Hand auf den Arm.

»Ich weiß. Der Typ, der ihn erschlagen haben soll, hat mir sogar extra eine Nachricht geschickt, damit ich mich nicht schuldig fühle. Er hat mir geschworen, mit der Sache nichts zu tun zu haben. Aber irgendwie …«

Jetzt wurde Hedda hellhörig. »Er hat dir eine Nachricht aus dem Gefängnis geschickt?«, flüsterte Hedda ihr die Frage direkt ins Ohr. Sie wollte nicht, dass die übrigen Mädchen auf ihr Gespräch aufmerksam wurden.

Tjalda schüttelte kaum merklich den Kopf. »Er ist nicht im Gefängnis. Er ist auf der Flucht vor der Polizei«, flüsterte sie ihrerseits zurück.

Ab diesem Moment hatte Hedda es nicht mehr nötig, an ihren Schauspielunterricht zu denken, nur um möglichst überrascht auszusehen. Denn diese Information haute sie buchstäblich aus den Socken. »Du hast noch Kontakt zu ihm?«

»Nein, er hat mir nur diese eine Nachricht zukommen lassen. Er hat dafür wohl das Handy eines Freundes benutzt. Zumindest wurde mir eine unbekannte Nummer angezeigt. Aber die Nachricht war definitiv von ihm.«

»O mein Gott! Das ist ja wie in einem Krimi.«

Tjalda seufzte. »Leider ja.«

In diesem Moment dimmten die Leuchten an der Wand das Licht herunter, der große Vorhang, der Teile der Leinwand bedeckte, fuhr zur Seite und der Sound des ersten Werbetrailers dröhnte aus den Lautsprecherboxen.

So ein Mist, dachte Hedda. *Warum ausgerechnet jetzt?*

***

Nach dem Film ging die Gruppe zurück in die Stadt, um sich im Sams noch eine Runde Cocktails zu gönnen. Unbemerkt von den anderen bestellte sich Hedda eine alkoholfreie Variante. Sie wollte bei ihren Ermittlungen unbedingt nüchtern bleiben. Irgendwie musste sie es schaffen, das Gespräch mit Tjalda, das sie im Kino so abrupt beenden musste, fortzusetzen. Doch in der geselligen Damenrunde schien dieses Unterfangen aussichtslos zu sein.

Ich muss Tjalda vom Rest der Gruppe isolieren.

Nachdem alle ihre Cocktails ausgetrunken hatten, wurde der Vorschlag gemacht, noch ins Moods, einer Diskothek direkt oberhalb der Kneipe, zum Tanzen zu gehen.

»Geht ruhig schon mal vor. Tjalda und ich kommen gleich nach!«, sagte Hedda und erntete dafür den überraschten Blick der kompletten Runde. »Ich will sie nur noch ein paar Dinge über meinen möglichen Vereinsbeitritt fragen. Da oben …« Sie legte ihren Kopf in den Nacken und tat so, als ob sie durch die Zimmerdecke hindurch in die Diskothek schauen könnte. »… ist es doch sicher so laut, dass man sich nicht mehr wirklich miteinander unterhalten kann, oder?«

»O ja«, antworteten die restlichen Mädels in einem lachenden Chor. »Das ist es!« Dann zogen sie voller Vorfreude davon und ließen Tjalda und Hedda alleine zurück.

»Du willst nicht wirklich mit mir über Volleyball reden, oder?«, fragte Tjalda.

»Nein.« Hedda schüttelte den Kopf. »Darf ich dich noch zu einem Drink einladen?«

»Ja, sehr gerne, aber ich hätte jetzt lieber einen Milchkaffee.«
Tjalda schaute Hedda an, als müsse sie sich für ihre Worte
entschuldigen. »Ich habe vorhin schon heimlich einen alkoholfreien
Cocktail bestellt. Irgendwie ist mir gerade nicht so nach Feiern
zumute.«

»Das ist meine Schuld, oder? Wegen unseres Gesprächs im Kino,
meine ich.« Hedda winkte die Bedienung herbei und bestellte schnell
zwei Milchkaffe. »Ich habe gerade übrigens auch nur einen
alkoholfreien Cocktail gehabt.« Sie zwinkerte Tjalda
verschwörerisch zu.

Ein kurzes Lächeln huschte über das Gesicht der Volleyball-
Schönheit. »Wir kennen uns ja erst ein paar Stunden, aber mir kommt
es vor, als wäre es schon eine Ewigkeit.«

»Geht mir auch so«, log Hedda. Sie mochte Tjalda zwar wirklich
ganz gerne, aber eine derartige Verbundenheit empfand sie nicht.
Dennoch war es für ihre Ermittlungen natürlich von Vorteil, wenn
ihre Gesprächspartnerin eine tiefe Vertrautheit zwischen ihnen
spürte.

»Du willst mehr über meinen ermordeten Ex erfahren, stimmt's?«,
kam Tjalda ohne Umschweife auf ihre ursprüngliche Frage zurück.

Hedda nickte. »Tut mir leid! Du willst sicher nicht darüber reden,
aber …«

»Ist schon okay. Vielleicht tut es mir ganz gut, mal mit jemandem
darüber zu sprechen, der noch überhaupt nichts über den Fall weiß.
Die meisten Emder haben sich in der Sache doch schon längst ihr
eigenes Bild gemacht. Und die meisten von denen haben Navid
längst verurteilt. Ist ja auch schön einfach.« Ein unglücklicher
Seufzer entfuhr ihr.

»Navid?«, fragte Hedda nach. Sie versuchte so zu tun, als hörte sie
diesen Namen heute zum allerersten Mal. »Ist das der Typ, mit dem
du einen Seitensprung hattest? Der, der auf der Flucht vor der Polizei
ist und dir eine Nachricht geschickt hat?«

Mit zusammengepressten Lippen nickte Tjalda. »In den letzten
Monaten unserer Beziehung wurde Moritz, mein Ex, immer
ausländerfeindlicher. Er ging zuletzt sogar zu den Treffen der
Jugendorganisation der PTK. Wir haben uns oft wegen seiner rechten
Gesinnung gestritten. An dem Abend, als ich mit Navid im Bett
gelandet bin, waren wir zusammen im Moods. Eigentlich war es bis
dahin ein ganz schöner Abend gewesen. Wir hatten zusammen

getanzt, ein wenig getrunken und viel Spaß gehabt. Es war fast wie früher.« Tjalda unterbrach sich kurz, um an ihrem Milchkaffee zu nippen. »Doch dann kamen Navid und seine Kumpels in die Diskothek. Beim Vorbeigehen muss einer von denen mich wohl etwas zu lüstern angeschaut haben. Auf jeden Fall kannte Moritz ab diesem Moment kein anderes Thema mehr. Er hat sich nur noch darüber aufgeregt, dass die Ausländer in unserem Land kein Benehmen hätten und fast alle sich nur vom Sozialstaat aushalten lassen würden. Natürlich habe ich versucht, ihn zu beruhigen, aber er hat sich immer mehr in die Sache hineingesteigert. In seinem Frust hat er zudem immer mehr Alkohol in sich hineingeschüttet. Und so kam es, wie es kommen musste.«

»Er hat eine Schlägerei angefangen«, kombinierte Hedda.

»Ganz genau! Er ist auf die Gruppe zugegangen und hat Navid ohne Vorwarnung mitten ins Gesicht geschlagen. Die Türsteher waren sofort da und haben ihn hinausgeworfen. Ich wollte ihm zunächst folgen, aber dann stand ich plötzlich neben Navid und habe mich stattdessen für das Verhalten meines Freundes entschuldigt. Ich kann nicht erklären wieso, aber ich bin auch danach nicht zu Moritz nach draußen gegangen, sondern habe mich stattdessen weiter mit Navid unterhalten. Er ist wirklich ein netter Kerl. Das habe ich sofort gespürt. Ich habe da eigentlich eine ganz gute Menschenkenntnis. Daher kann ich auch einfach nicht glauben, dass er Moritz das angetan haben soll.«

Hedda nippte nachdenklich an ihrer Tasse. Sie überlegte, ob sie die nächste Frage wirklich so direkt stellen sollte, wie sie ihr bereits auf der Zunge lag.

»Du fragst dich, ob ich noch an diesem Abend mit Navid im Bett gelandet bin, oder?«

Hedda nickte. *Sie hat wirklich eine gute Menschenkenntnis.*

»Ich wusste, dass Moritz stinksauer auf mich war, weil ich nicht mit ihm das Moods verlassen hatte. Aber das war mir in diesem Moment egal. Nein …« Tjalda suchte kurz nach den richtigen Worten. »Es fühlte sich irgendwie richtig an. Ich glaube, unterbewusst hatte ich schon seit Langem nach einer Möglichkeit gesucht, um die Beziehung mit ihm zu beenden. Und in diesem Moment erschien mir ein One-Night-Stand mit Navid als Garant dafür, dass es auch wirklich zum Beziehungsaus kommen würde.«

»Und?«, fragte Hedda neugierig nach.

»Nachdem wir miteinander geschlafen hatten, habe ich mich bei Navid dafür entschuldigt, dass ich ihn nur benutzt hatte, um die Beziehung zu meinem ausländerfeindlichen Freund zu beenden.«

»War er sauer?«, fragte Hedda neugierig. Schließlich konnte dies der Schlüsselmoment gewesen sein, der Navid zum Mörder werden ließ.

Tjalda schüttelte energisch den Kopf. »Nein, ganz im Gegenteil. Er hat sogar davon abgeraten, unseren Seitensprung als Grund für das Beziehungsende zu missbrauchen. Seiner Meinung nach sollte ich Moritz unser Stelldichein lieber verheimlichen und ihm stattdessen einfach ehrlich sagen, warum ich nicht mehr mit ihm zusammen sein möchte.«

»Das klingt sehr erwachsen«, kommentierte Hedda Navids Ratschlag, fragte sich gleichzeitig aber auch, ob er diesen aus eiskalter Kalkulation gegeben haben könnte. »Und wie hast du dich letztendlich entschieden?«

»Ich habe Moritz nie etwas von meinem Seitensprung erzählt und ihm stattdessen am nächsten Tag einfach nur gesagt, dass ich nicht mehr mit ihm zusammen sein kann, solange er seine Meinung in Bezug auf Ausländer nicht grundlegend ändert.«

»Wie hat er reagiert?«, wollte Hedda wissen.

»Er hat mir nicht geglaubt. Natürlich hatte er zwischenzeitlich Gerüchte gehört. Navid und ich sind im Moods ja auch von etlichen Leuten zusammen gesehen worden. Und als dann Dirk auch noch behauptet hat, uns zusammen in der Stadt gesehen zu haben ...«

»Dirk?«

»Moritz Stiefvater.«

»Stiefvater?« Enno hatte ihr zwar erzählt, dass Moritz leiblicher Vater bereits verstorben war, trotzdem hoffte sie, mit dieser Nachfrage noch mehr Details über die Familienverhältnisse der Schepkers zu bekommen.

»Nun ja, eigentlich war er das noch nicht offiziell. Moritz leiblicher Vater ist schon vor vielen Jahren gestorben. Einige Zeit darauf hat seine Mutter eine neue Beziehung mit Dirk, Moritz damaligen Fußballtrainer, angefangen. Sie sind aber noch nicht verheiratet. So wie Moritz mir das erzählt hat, war Dirk schon vorher so eine Art Ersatzvater für ihn gewesen. Nach dem Tod seines richtigen Vaters muss er sich wohl ziemlich viel mit ihm unterhalten haben und war wohl auch sonst immer für ihn da.«

»Du sagtest, sie sind noch nicht verheiratet?«, hakte Hedda nach.

»Ich habe Dirk letztens zufällig gesehen, wie er in dem Gebäude einer Rechtsanwaltskanzlei verschwunden ist. Das war ein Fachanwalt für Familienrecht. Ich gehe davon aus, dass er Nicole heiraten wollte, bevor ihre Krankheit diesen Schritt unmöglich gemacht hätte. Bei seinem engen Verhältnis zu Moritz könnte ich mir außerdem gut vorstellen, dass er sich auch hinsichtlich einer Adoption beraten lassen wollte. Schließlich wäre er nach dem Tod seiner Mutter ganz alleine gewesen.«

»Hatte er denn keine Großeltern oder andere Verwandte mehr?«

»Nicht dass ich wüsste.« Tjalda zuckte mit den Schultern.

In solch einem komplizierten Fall ist es sicherlich nicht verkehrt, sich im Vorfeld anwaltlich beraten zu lassen, überlegte Hedda. »Und was war das für eine falsche Behauptung, die Dirk gemacht haben soll?«

»Er hat behauptet, mich am Tag nach unserer Trennung zusammen mit Navid in der Stadt gesehen zu haben. Das stimmt aber definitiv nicht!«

Hedda überlegte kurz. »Vielleicht hat er dich nur mit irgendjemanden verwechselt?«

Nachdenklich schüttelte Tjalda den Kopf. »Das glaube ich nicht. Sein Stiefvater war schon immer ziemlich rechts. Er ist zum Beispiel schon lange Mitglied in der PTK. Ich glaube, Moritz ist nur durch ihn zum Ausländerhasser geworden. Wahrscheinlich hat Dirk die Situation damals einfach nur genutzt, um den Hass seines Ziehsohnes noch weiter zu schüren.«

»Und da Moritz ihm schon immer so sehr vertraut hat, galt sein Wort am Ende mehr als deines?«, kombinierte Hedda weiter.

Tjalda schaute betreten auf die Tischplatte vor ihr. »Leider ja. Und als dann noch die Fotos aufgetaucht sind.«

»Welche Fotos?«, fragte Hedda. *Die Angelegenheit wird ja immer mysteriöser.*

»Moritz stand eines Tages bei uns vor der Haustür und hat mir einen Haufen pikante Fotos vor die Füße geworfen, die Navid angeblich von mir gemacht und ihm zwecks Provokation in den Briefkasten geworfen haben soll. Die waren aber alle gefälscht, denn ich hatte nach unserer gemeinsamen Nacht ausschließlich per WhatsApp Kontakt zu ihm.«

»Hat er gesagt, von wem er die Fotos bekommen hat?«

»Nein.« Tjalda presste die Lippen zusammen und kämpfte gegen die aufsteigenden Tränen an. Der Gedanke an diesen emotionalen Moment nahm sie doch sehr mit. »Er ist ohne ein Wort sofort wieder abgehauen. Ich hatte nicht einmal die Zeit, ihn danach zu fragen.« Ihre Stimme brach. »Das war das letzte Mal, das ich ihn lebend gesehen habe.« Sie schlug die Hände vor das Gesicht, um ihre Tränen zu verbergen.

Mitfühlend rutschte Hedda an Tjaldas Seite und legte ihren Arm um sie. »Ach Süße, das tut mir so leid für dich«, flüsterte sie ihr ins Ohr. In diesem Moment hatte sie fürchterliches Mitleid mit dem hübschen Mädchen. Als sie jedoch das Gefühl hatte, dass Tjalda sich wieder beruhigt zu haben schien, setzte sie dennoch ihre, als freundschaftliches Gespräch getarnte, Befragung fort. »Hast du einen Verdacht, von wem die manipulierten Fotos stammen könnten?«

Aus geröteten Augen schaute Tjalda Hedda unsicher an. »Dirk hat eine Werbeagentur«, brach ihre Vermutung plötzlich aus ihr heraus.

»Nein!?« Fassungslos schaute Hedda sie an. »Du meinst, er hat nicht nur das Treffen in der Stadt erfunden, sondern auch noch die Fotos gefälscht, nur um Moritz Wut gegen Ausländer noch weiter zu schüren?«

»Ich weiß nur, dass er sehr gut mit Photoshop umgehen kann«, untermauerte Tjalda ihren Verdacht.

Kapitel 8

Zwei unerwartete Begegnungen

Es war bereits kurz nach Mitternacht, als Ennos Handy geklingelt hatte. Hedda und Tjalda hatten sich entschieden, den anderen Volleyballerinnen nicht mehr in die Diskothek zu folgen und ihn daher darum gebeten, sie in der Stadt abzuholen.

Nachdem sie Tjalda vor dem Haus ihrer Eltern abgesetzt hatten, wendete Enno den Wagen und fuhr Richtung Hotel zurück. »Und? Was hast du herausgefunden?« Er platzte fast vor Neugierde.

In kurzen Worten fasste Hedda für ihn den Verlauf des Abends zusammen. Erst als sie an die Stelle gelangte, an der sie neben Tjalda im Kino saß, wurde ihr Bericht ausführlicher.

»Sie hatte also noch einmal Kontakt zu Navid?«, wiederholte Enno das soeben Gehörte. »Davon hat mir Ilias nichts erzählt.« Nachdenklich kratzte er sich am Kinn. Er war sich zwischenzeitlich ganz sicher, dass ihm der Junge aus seiner Jugendgruppe Informationen vorenthielt.

»Konntest du in deinem Telefonat mit ihm denn noch irgendetwas erfahren?«, fragte Hedda nach.

»Nein, nur dass mit den Vorbereitungen für das Konzert wohl alles nach Plan läuft. Anscheinend reißen sich die Jungs wirklich zusammen.«

»Aber über Navid hat er nichts gesagt? Wolltest du ihn nicht um ein Telefonat bitten?«

»Habe ich doch auch. Aber er hat steif und fest behauptet, selbst keinen Kontakt mehr zu ihm zu haben.«

»Glaubst du ihm denn?«

Enno schüttelte den Kopf. »Nein. Ich denke vielmehr, dass er Navid sogar sein Handy geliehen hat, damit er Tjalda eine Nachricht schreiben konnte. Kennst du zufällig die Nummer, von der aus Tjalda Navids WhatsApp bekommen hat?«

»Leider nein. Sie hat mir die Nummer nicht gesagt und hatte ihr Handy den ganzen Abend in ihrer Handtasche, die sie wiederum nicht aus den Augen gelassen hat.«

Nachdenklich spielte Enno mit den Fingerkuppen auf dem Lenkrad herum. »Denkst du, Navid hat Tjalda gebeten, Moritz nichts von dem One-Night-Stand zu erzählen, weil er zu diesem Zeitpunkt bereits dessen Tod geplant hatte? Er könnte den Faustschlag in der Diskothek als große Demütigung empfunden haben. Oder er war doch verletzt, als Tjalda ihm gebeichtet hat, dass sie nur mit ihm in der Kiste war, um ihre Beziehung zu Moritz zu beenden. Manche Typen verlieben sich ja total schnell. Vielleicht wollte er sie für sich alleine haben.« Nachdenklich schaute er zu Hedda hinüber.

»Schau auf die Straße!« Erschrocken schnellte Hedda hoch und griff Enno ins Lenkrad, als sie bemerkte, dass der Wagen bereits den Mittelstreifen überquert hatte.

»Sorry!« Erschrocken riss Enno die Augen auf und schaute jetzt extra bemüht geradeaus. Dass er so sehr in seine Gedanken versunken war, dass er fast die Kontrolle über sein Auto verloren hätte, war ihm sehr unangenehm.

»Zum Glück ist ja um diese Zeit kaum ein Mensch unterwegs.« Zur Beruhigung legte Hedda ihm eine Hand auf den Oberschenkel. »Ich glaube nicht, dass Navid Moritz ermordet hat, um Tjalda für sich haben zu können. Schließlich hat sie doch nach dem Seitensprung trotzdem mit Moritz Schluss gemacht. Falls Navid also wirklich mehr von ihr gewollt hätte, stand Moritz ihm dabei doch überhaupt nicht mehr im Wege.«

»Da hast du recht.« Enno nickte, heftete seinen Blick dabei aber weiterhin starr auf die vor ihm liegende Straße. »Bliebe noch das Motiv der Demütigung. Durch meine Arbeit bei der Polizei und als Streetworker weiß ich, dass in manchen Kulturkreisen der Ehrbegriff deutlich schwerer wiegt als bei uns. Vielleicht hat er Moritz auch deshalb zu diesem Duell herausgefordert. Und dass Navid zu körperlicher Gewalt neigt, wissen wir ja auch schon von seiner Mutter. Vielleicht ist der Zweikampf einfach nur außer Kontrolle geraten?«

»Außer Kontrolle geraten?«, wiederholte Hedda seine Worte. »Moritz wurde mit einem Hammer erschlagen. Also wenn du mich fragst, war der Mord von Anfang an geplant. Bleibt nur die Frage, wer es war.«

»Aber außer Navid haben wir weiterhin keinen Verdächtigen.«

Hedda blieb einen Moment lang still, dann machte sie ein nachdenkliches Geräusch. »Aber warum hat Dirk seinen Ziehsohn angelogen? Und woher kommen diese Fotos? Ob er sie wirklich manipuliert hat, nur um Moritz noch mehr gegen Ausländer aufzubringen?«

»Das kann ich mir nicht vorstellen. Vielleicht hat Tjalda ja doch eine längere Affäre mit Navid gehabt, und Dirk hat weder gelogen noch Fotos manipuliert«, gab Enno zu bedenken.

»Du meinst, die beiden haben gemeinsam den Mord an Moritz geplant?« Hedda verzog ungläubig das Gesicht. »Aber warum sollten sie das getan haben?«

Enno zuckte mit den Schultern. »Keine Ahnung! Vielleicht wollte Moritz nicht akzeptieren, dass Tjalda die Beziehung beendet hat. Vielleicht hat er sie vor Wut geschlagen, als er von ihrer Affäre erfahren hat. Mir fallen für Navid und Tjalda auf jeden Fall mehr Motive ein, als für seinen Ziehvater. Selbst wenn er seinen Sohn …« Enno löste beide Hände kurz vom Lenkrad und setzte das letzte Wort mit seinen Fingern in symbolische Gänsefüßchen. »… weiter gegen Ausländer aufhetzen wollte und zu diesem Zweck gelogen und Bilder manipuliert hat, umgebracht hat er ihn wohl kaum.«

Wieder entfuhr Heddas Kehle ein grunzender Laut.

»Was ist?«, fragte Enno. Er kannte dieses Geräusch, das häufig dann entstand, wenn Hedda einen neuen, zunächst noch abwegigen Gedankenstrang verfolgte.

»Ich frage mich gerade, ob er Moritz wirklich adoptieren wollte«, gab Hedda ihre Gedanken preis.

»Du meinst, weil Tjalda ihn beim Anwalt gesehen hat?«, stieg Enno in ihre Überlegungen ein.

* * *

Nachdem Enno und Hedda im Hotel noch lange miteinander geredet und über weitere mögliche Mordmotive spekuliert hatten, war es letztlich die Erinnerung daran gewesen, dass Hedda keine Unterwäsche mehr trug, die beide kurzzeitig auf andere Gedanken brachte.

Nach nur wenigen unruhigen Stunden voller verwirrender Träume riss sie das Klingeln eines Handys aus dem Schlaf. Es war weder Heddas noch Ennos Apparat, sondern das veraltete Mobiltelefon, mit dem sie den Kontakt zu Jörg, dem Leiter ihrer Geheimeinheit, hielten. Verunsichert schauten sich beide an, bis schließlich Enno doch nach dem Mobiltelefon griff und das Gespräch entgegennahm.

»Hallo?«, sprach er so unsicher in den Hörer, als wüsste er nicht, wer sein Gesprächspartner am anderen Ende der Leitung sein würde.

Dabei hatten sie über diesen Apparat bisher ausschließlich Kontakt zu Jörg gehabt.

Hedda presste ihr Ohr auf die Rückseite des Handys und hoffte so, das Gesprochene mitverfolgen zu können. Doch bereits kurz nachdem Jörg seine ersten Worte gebrüllt hatte, zuckte sie erschrocken zurück.

»Hatte ich mich nicht klar und deutlich ausgedrückt?«, schrie der Geheimdienstleiter wutentbrannt in den Hörer. »Ich habe dir doch klipp und klar gesagt, ihr sollt euch aus dem Fall in Emden heraushalten.«

»Wovon redest …«, versuchte Enno sich herauszureden, doch da war er bei seinem Chef an den Falschen geraten.

»Verkauf mich nicht für dumm!«, unterbrach er ihn sofort. »Habt ihr wirklich gedacht, ich würde davon nichts mitbekommen?«

Hedda drückte auf die Lautsprechertaste des Mobiltelefons. »Ich dachte, seit wir Teil des Teams sind, würden wir nicht mehr heimlich ausspioniert werden?«, stellte sie eine provozierende Gegenfrage.

Jörg schnaufte gereizt in den Hörer und hielt dann für einige Sekunden inne. »Und ich dachte, als Teil des Teams würdet ihr meinen Befehlen folgen«, sagte er schließlich, dann schwieg er wieder.

»Tut uns leid! Aber ich konnte Ilias und seinen Kumpel einfach nicht im Stich lassen.« Enno bedauerte es ehrlich, das Vertrauen seines Vorgesetzten missbraucht zu haben. Dennoch würde er sich immer wieder genauso entscheiden. Schließlich hatte er nicht irgendjemandem geholfen. Ilias und die anderen Jungs waren ihm in den letzten Monaten wirklich ans Herz gewachsen. Er fühlte sich für sie und ihre Schicksale verantwortlich.

»Okay, wir haben vielleicht einen Fehler gemacht, aber das entschuldigt noch immer nicht, dass du uns weiterhin bespitzelt hast!« Heddas Angriffslust war ungebrochen. Angriff war für sie oft die bessere Verteidigung.

»Meine liebe Frau Böttcher, wir haben Sie nicht bespitzelt.« Jörg klang unverändert ernst, aber dennoch schien die Schärfe ein wenig aus seiner Stimme gewichen zu sein. »Aber hast du wirklich geglaubt, du könntest in einem aktuellen Mordfall ermitteln, ohne dass das irgendjemandem auffallen würde?«

Hedda öffnete ihren Mund für eine schlagfertige Antwort, aber die passenden Worte wollten ihr einfach nicht einfallen. »Ich … aber … wir …«, stotterte sie stattdessen in den Hörer.

»Selbstverständlich haben wir unsere Informationsquellen in den ostfriesischen Polizeidienststellen. Und über diese wissen wir zum Beispiel auch, dass bei den Eltern des ermordeten Jugendlichen vor Kurzem ein Streetworker aufgetaucht ist und gemeinsam mit seiner weiblichen Begleiterin – deren Beschreibung übrigens haargenau auf dich passt, liebe Hedda – jede Menge Fragen gestellt hat.« Er machte eine kurze Pause und wartete auf eine Reaktion seiner neu rekrutierten Mitarbeiter. Als diese jedoch ausblieb, wandte er sich noch einmal direkt an Enno. »Wie konntest du denn so blöd sein und deinen echten Streetworker-Ausweis in die Kamera am Hauseingang halten? Gerade von dir als ehemaligen Polizisten hätte ich etwas anderes erwartet. Herr Möller hat natürlich sofort einen Screenshot davon gemacht und ihn der Polizei gezeigt. Die kennen also deinen echten Namen und werden nicht lange brauchen, um herauszufinden, in welcher Stadt du tatsächlich als Streetworker tätig bist.«

Beschämt schaute Enno zu Boden. Er hatte sich wirklich nicht besonders umsichtig verhalten.

»Wer ist denn Herr Möller?«, fragte Hedda dazwischen. Sie ging zwar davon aus, dass es sich dabei um Moritz Ziehvater handeln musste, aber sie merkte, dass Enno einen Moment brauchen würde, um die Kritik ihres Chefs zu verdauen.

»Dirk Möller ist der Lebensgefährte von Nicole Schepker«, antwortete der Geheimdienstchef perplex. »Wenn ihr noch nicht einmal das wisst, habt ihr wahrscheinlich noch nicht besonders viel herausgefunden. Zum Glück habe ich gerade noch rechtzeitig von eurer eigenmächtigen Aktion erfahren. So konnte ich wenigstens das Schlimmste verhindern.«

»Was bedeutet das?«, fragte Enno.

»Das bedeutet, dass unsere Einheit jetzt doch offiziell in diesem Fall ermitteln wird. Nur so hatte ich die Möglichkeit, die Nachforschungen nach dem unbekannten Streetworker und seiner jungen Begleiterin unter meine Kontrolle zu bringen.«

»Das ist ja großartig«, jubelte Hedda.

»Nur damit wir uns da richtig verstehen: Ich habe diesen Fall nur deshalb übernommen, um größeren Schaden von unserem Team abzuwenden. Solltet ihr nur noch ein einziges Mal gegen meine

Befehle handeln, werde ich zum Schutz der Einheit auch nicht davor zurückschrecken, eure persönliche Reputation in Verruf zu bringen, wenn es sein muss. Haben wir uns da verstanden?«

Enno und Hedda brummten zustimmend.

»Gut, dann bringt mich jetzt bitte auf den aktuellsten Stand. Was habt ihr bisher herausgefunden?«

Gemeinsam fasste das junge Ermittler-Duo ihre bisherigen Bemühungen, Gespräche und Erkenntnisse im Mordfall Moritz Schepker zusammen. Sie erzählten ihrem Vorgesetzten von Ilias, der Navids erster Anlaufpunkt nach seiner Flucht gewesen war, den Gesprächen mit Navids und Moritz Mutter, dem Drohbrief und der Demonstration. Anschließend berichtete Enno noch von seiner Observation und dem daraus resultierenden Kampf mit Harald, während Hedda über Dick und Doof und ihre Gespräche mit Tjalda informierte.

Während der Geheimdienstleiter den Berichten seiner Mitarbeiter lauschte, machte er sich auf einem kleinen Block unentwegt Notizen.

»Hm«, brummte er nachdenklich, nachdem Enno und Hedda verstummt waren, und ließ seine Augen über das vollgekritzelte Stück Papier wandern. »Immerhin wart ihr nicht ganz untätig«, murmelte er leise vor sich hin.

»Ich denke, wir sollten …«, begann Hedda einen Vorschlag für die weiteren Ermittlungen zu machen, bei dem Jörg sie jedoch sofort unterbrach.

»Das Denken in diesem Fall überlasst ihr bitte ab sofort mir! Ihr habt in dieser Sache schon genug eigenmächtige Entscheidungen getroffen.«

Hedda biss sich auf die Unterlippe und schaute dabei unsicher zu Enno hinüber. Sie hatte gehofft, dass der Konflikt zwischen ihnen mit der Standpauke erledigt gewesen wäre.

»Habt ihr die Handynummer von dieser Tjalda?«, fragte Jörg, nachdem er einige weitere Sekunden still nachgedacht hatte.

»Ja, wir haben gestern noch Nummern ausgetauscht.« Hedda holte ihr Handy vom Nachttisch und öffnete das elektronische Telefonbuch. Dann las sie Jörg die Nummer laut vor. »Was hast du damit vor?«, fragte sie neugierig.

Wieder schwieg Jörg einen Moment lang.

Warum sagt er nicht einfach, was er mit der Nummer vorhat? Vertraut er uns nicht mehr?

»Ich werde die Nummer an Karsten weiterleiten. Er soll sich in das Handy hacken und rausfinden, von welcher Nummer aus sich der Mordverdächtige bei Tjalda gemeldet hat. Wenn er immer noch im Besitz dieses Mobiltelefons ist, können wir mithilfe dieser Information vielleicht seinen Standort bestimmen.«

Hedda und Enno konnten sich noch gut an Karsten, den großen durchtrainierten Kampfsportler mit der versteinerten Miene, erinnern. Ohne seine technischen Fähigkeiten hätten sie den Fall aus Norddeich vermutlich niemals aufgeklärt.

»Aber was ist, wenn Navid es überhaupt nicht gewesen ist?«, wandte Enno ein. »Wir sollten unsere Ermittlungen nicht nur auf ihn konzentrieren.«

»Er ist und bleibt der Hauptverdächtige. Er hat dem Opfer öffentlich gedroht, hat für die Tatzeit kein Alibi und seine Flucht ist aus meiner Sicht auch nicht gerade ein Beleg dafür, dass er unschuldig ist.«

»Aber was ist mit dem neuen Partner von Moritz Mutter? So wie es aussieht, hat er doch mit seinen Lügen und den manipulierten Fotos den Streit zwischen den beiden Heranwachsenden erst richtig entfacht«, gab Hedda zu bedenken.

»Wenn die Aussagen des jungen Mädchens wirklich stimmen, glaube ich zwar, dass er den Streit absichtlich geschürt und somit letztlich auch indirekt seinen Anteil an dem Mord hat, aber das macht ihn noch lange nicht zum Verdächtigen«, überlegte Jörg laut. »Da fehlt mir eindeutig noch das Motiv. Alle Befragten haben bestätigt, dass Dirk Möller für Moritz immer so etwas wie ein Vater gewesen ist. Er soll auch öffentlich schon öfter über eine mögliche Adoption des Jungen gesprochen haben. Warum sollte er seinen Ziehsohn also umgebracht haben? Da hat aus meiner Sicht sogar Tjalda ein stärkeres Motiv.«

»Tjalda?« Hedda war überrascht und verärgert zugleich. Sie konnte sich einfach nicht vorstellen, dass die sympathische Volleyballerin etwas mit dem Mord zu tun haben könnte.

»Überlege doch mal! Wer sagt dir denn, dass dir das Mädchen nicht die ganze Zeit etwas vorgemacht hat?«, begann Jörg seine Gedankengänge zu erklären. »Vielleicht war Navid überhaupt kein One-Night-Stand für sie. Vielleicht waren die beiden schon seit Längerem heimlich ein Paar. Navids Handy hat die Emder Polizei zerstört in einem Müllcontainer gefunden. Wenn er Tjalda tatsächlich eine Nachricht von einem anderen Mobiltelefon gesendet hat, muss er sich die Nummer vorher extra notiert haben, wenn er sie nicht ohnehin längst auswendig kannte. Und jetzt denke mal darüber nach, welche Handynummern du so alles auswendig kennst!«

Hedda dachte kurz nach. Tatsächlich konnte sie nur ihre eigene und Ennos Mobiltelefonnummer im Kopf behalten. »Aber eine neue Beziehung ist doch kein Grund, seinen Ex-Freund brutal zu erschlagen«, protestierte sie dennoch kopfschüttelnd.

»Das alleine sicher nicht«, gab Jörg zu. »Aber was wäre, wenn Moritz Tjalda während der Beziehung misshandelt hat? Wäre das kein Grund für Rache? Vielleicht hatte er auch noch Nacktfotos oder sogar Sexvideos von ihr, mit denen er sie erpresst hat. Vielleicht wusste Navid davon und hat Moritz deshalb zu einem Duell herausgefordert. Ging es bei dem Zweikampf der beiden vielleicht sogar um die Herausgabe der Videodateien?«

In Heddas Kopf reihten sich die Spekulationen ihres Chefs zu kleinen, fiktiven Videosequenzen zusammen. Dann tauchte vor ihrem inneren Auge wieder Tjalda auf. Sie sah sie weinend vor sich sitzen, zerbrechlich und vollkommen unschuldig. Konnte sie das alles nur gespielt haben? War es möglich, dass eine Siebzehnjährige sie, trotz ihres bisherigen Spezialtrainings, die ganze Zeit über getäuscht hatte? »Das glaube ich nicht!«, fasste Hedda das Ergebnis ihrer Überlegungen knapp zusammen. *Oder besser gesagt: Das möchte ich nicht glauben!*, schob sie in Gedanken hinterher.

»Ich glaube das auch nicht, aber dennoch scheinen mir alle diese Szenarien wahrscheinlicher, als das Dirk Möller der Mörder seines geliebten Ziehsohnes sein soll.«

Enno schaute Hedda mitfühlend an. »Ich befürchte, er hat recht«, sagte er leise zu ihr. Er stellte sich ungern auf Jörgs Seite, aber dessen Argumente gegen eine vermeintliche Täterschaft von Dirk Möller ähnelten seinen eigenen Bedenken, die er selbst ja auch bereits gegenüber seiner Freundin geäußert hatte, so sehr, dass er überhaupt keine andere Wahl hatte.

»Und dennoch …« Jörgs Stimme klang auf einmal deutlich lauter. »… werden wir jeder noch so unwahrscheinlichen Spur nachgehen. Wenn Karsten herausgefunden hat, von welcher Nummer aus der Hauptverdächtige Tjalda geschrieben hat und wo er sich aktuell aufhält, werde ich ihm den Auftrag erteilen, die Computer der Familien Brürch und Schepker zu überprüfen. Vielleicht finden wir ja auf diesem Wege die manipulierten Fotos oder irgendwelche anderen Hinweise.«

»Das klingt nach einem guten Plan, aber was sollen wir denn jetzt machen?«, fragte Enno. Er befürchtete, durch ihr ungehorsames Verhalten von den weiteren aktiven Ermittlungen ausgeschlossen zu werden.

»Du hältst dich bereit. Sobald Karsten mir den Aufenthaltsort von Navid genannt hat, werdet ihr zwei euch den Flüchtigen schnappen«, wies Jörg Enno an.

»Und ich? Was mache ich?«, fragte Hedda besorgt. Sie konnte in dem Fall nicht einfach nur untätig herumsitzen und abwarten.

»Du wirst dich noch einmal mit Tjalda treffen. Versuche, dir immer wieder die Geschichten über Moritz und Navid erzählen zu lassen. Achte darauf, ob das Mädchen sich in Widersprüche verstrickt, ob ihre Körpersprache sie als Lügnerin enttarnt oder ob sie irgendwelche neuen Informationen preisgibt.«

»Okay«, antwortete Hedda motiviert. Sie war fest entschlossen, Tjalda bei ihrem nächsten Treffen aus der Schublade der unschuldigen Oper herauszuholen und ihr stattdessen vollkommen unvoreingenommen zu begegnen.

»Ach ja, und versucht herauszubekommen, bei welchem Anwalt Dirk Möller gewesen ist. Wir müssen wissen, wobei es bei der juristischen Beratung wirklich ging.«

Kapitel 9

Navid

Enno musste nicht lange warten, bis er einen erneuten Anruf von Jörg bekam. Für Karsten war es ein Kinderspiel gewesen, Zugriff auf Tjaldas Handy zu bekommen. Gerade Teenager waren besonders empfänglich für seine geschickt versteckten Trojaner. Die besagte WhatsApp von Navid hatte er tatsächlich in dem Gerätespeicher gefunden. Die Nummer, von der die Nachricht versendet worden war, stammte jedoch nicht von Ilias.

Nachdem Karsten es geschafft hatte, heimlich das GPS-Modul des Mobiltelefons zu aktivieren, von dem aus die Nachricht an Tjalda versendet worden war, wussten sie, wo sie das Handy finden konnten. Ob es sich aber immer noch in Navids Besitz befand, darauf konnten sie hingegen nur spekulieren. Dass das Gerät jedoch zuletzt in Wilhelmshaven geortet worden war, machte ihnen Hoffnung.

Enno fuhr mit seinem dunkelblauen VW Polo die Bundesstraße 210 entlang. Er wollte sich mit Karsten, der in Oldenburg wohnte, auf dem Parkplatz der Diskothek Twister in Sande treffen. Als er seinen Wagen auf den leer stehenden Parkplatz lenkte, blickte er sich suchend um. *Ist Karsten noch gar nicht da?*, wunderte er sich und warf einen Blick auf die Uhr seines Armaturenbretts. Er war zehn Minuten zu spät am vereinbarten Treffpunkt erschienen. *Der wird doch nicht etwa schon wieder abgehauen sein?*

Plötzlich wurde die Beifahrertür aufgerissen und eine großgewachsene Gestalt ließ sich schwungvoll auf den Sitz fallen. Erschrocken griff sich Enno an die Brust. Seit seiner inszenierten Entführung in Norddeich, reagierte er auf Fahrzeugtüren, die derart ruckartig geöffnet wurden, äußerst empfindlich.

»Du hast mich fast zu Tode erschreckt!«, meckerte Enno und ließ stoßartig die angestaute Luft aus seinen Lungen entweichen. »Von wo bist du denn so schnell gekommen? Ich habe dein Auto überhaupt nicht gesehen.« Er drehte den Kopf über seine Schulter und schaute nach, ob er den Wagen des Computergenies vor lauter Aufregung nur übersehen hatte.

»Ich habe mich dort hinter der Mauer versteckt und auf dich gewartet.« Sein Kollege zeigte mit dem ausgestreckten Arm auf eine

Ecke des Discothekengebäudes. »Mein Auto habe ich auf dem Parkplatz der Eishalle abgestellt. Sicher ist sicher!«

Enno fand diese Maßnahme zwar übertrieben vorsichtig, behielt seine Meinung aber lieber für sich. »Und jetzt?«, fragte er stattdessen.

Karsten zog einen kleinen schwarzen Kasten aus seinem Rucksack hervor und drückte einen der Knöpfe, die auf der Oberseite angebracht worden waren. Ein Monitor leuchtete auf und zeigte ein Netz aus grünlich schimmernden Quadraten, die sich wie ein durchsichtiger Schleier über eine Straßenkarte gelegt hatten.

Die zwei dunkelgrün blinkenden Punkte fielen Enno sofort ins Auge. »Sind wir das?«, fragte er und zeigte auf den unteren.

Karsten schüttelte den Kopf. »Nein, das ist unser Zielobjekt«, erklärte er und schaute Enno dabei an, als hätte er ihn gerade gefragt, ob man bei einer roten Ampel fahren oder stehen bleiben musste. »Das hier sind wir!« Er tippte auf den anderen Lichtpunkt, der sich in der entgegengesetzten Ecke des Monitors befand.

»Am besten sagst du mir einfach, wohin ich fahren muss«, sagte Enno leicht verärgert, drehte den Autoschlüssel im Zündschloss herum und lenkte seinen Wagen zurück auf die Hauptstraße. Er mochte es nicht, wenn man ihn wie einen dummen Jungen behandelte.

Auf Karstens Anweisungen hin, fuhr er über Mariensiel nach Wilhelmshaven. Als er gerade von der Weserstraße aus in die Virchowstraße abbiegen wollte, packte Karsten ihn plötzlich mit der linken Hand an seinem rechten Unterarm.

»Wir sind jetzt ganz nah an ihm dran«, sagte der Geheimdienstmitarbeiter aufgeregt und starrte wie gebannt auf den Monitor in seinen Händen.

Als Enno vor einer roten Ampel stehen bleiben musste, warf auch er einen Blick auf das Ortungsgerät. Die beiden blinkenden Punkte schienen sich kein bisschen aufeinander zubewegt zu haben, aber der Kartenausschnitt im Hintergrund wirkte auf einmal so, als ob er herangezoomt worden wäre. »Das ist die Nordseepassage«, sagte er, nachdem er endlich einen Überblick über das Gewirr aus Straßen und Gebäuden bekommen hatte und tippte auf den Leuchtpunkt, der gemäß Karstens Aussage das Zielobjekt markierte.

»Was ist das?«, fragte Karsten.

Mit voller Absicht schaute Enno seinen Beifahrer jetzt so an, als habe er gerade eine selten dämliche Frage gestellt. »Das ist ein großes, überdachtes Einkaufszentrum direkt in der Wilhelmshavener Innenstadt.«

»Wie viele Ausgänge gibt es dort?«, fragte Karsten, ohne seinen Blick auch nur eine Sekunde lang von dem Monitor zu lösen.

Die Ampel sprang wieder auf Grün. Enno legte den Gang ein und fuhr an. In Gedanken rief er sich den Grundriss des Einkaufszentrums ins Gedächtnis. »Also, soweit ich weiß, gibt es insgesamt vier Zugänge«, sagte er nachdenklich. Genau in diesem Moment passierten sie den Wilhelmshavener ZOB, der direkt seitlich neben der Nordseepassage lag und über einen der soeben genannten Zugänge direkt über das Gebäude erreichbar war. »Da ist es!«, sagte Enno zu seinem Beifahrer und zeigte auf das große Objekt, das teilweise durch wartende Busse verdeckt wurde.

Karsten blickte kurz von seinem Monitor auf und versuchte einen Eindruck von dem Gebäude zu bekommen.

»Dabei fällt mir noch ein, dass auf der anderen Seite der Nordseepassage auch noch der Bahnhof liegt. Die Bahnsteige kann man nur über das Gebäude erreichen. Wenn die Passage spät abends jedoch geschlossen hat, gibt es von dort aus auch noch einen schmalen Gang, über den die ankommenden Bahngäste den Gebäudekomplex verlassen können. Ich bin mir aber nicht sicher, ob der tagsüber auch zugänglich ist.«

»Es gibt also vielleicht sogar noch eine fünfte Fluchtmöglichkeit aus dem Gebäude«, schnaufte Karsten genervt. Er hatte sich den Zugriff auf die Zielperson deutlich einfacher vorgestellt.

»Vielleicht sollten wir lieber abwarten, bis er das Einkaufszentrum wieder verlässt?«

»Nein!«, sagte Karsten entschlossen. »Wenn wir Pech haben, steigt er entweder in einen Zug oder aber in den nächsten Bus. Darauf habe ich echt keinen Bock. Wir schnappen ihn uns jetzt! Wir müssen halt nur vorsichtig sein. Er darf uns auf keinen Fall entwischen.«

Enno lenkte seinen Polo auf den Parkplatz der Sparkasse. Schwungvoll stiegen die beiden Männer aus dem Wagen aus und bewältigten die kurze Distanz zum Einkaufszentrum im Laufschritt. Als sie die Nordseepassage durch die große gläserne Drehtür betraten, warf Karsten einen erneuten Blick auf das Display seines Ortungsgerätes.

Vor dem Zugang zu den Bahnsteigen blieben sie erneut stehen und prüften die aktuelle Position ihres Zielobjektes.

»Er muss sich irgendwo hier aufhalten.« Karsten zeigte den Gang entlang, an dessen Ende eine Rolltreppe in die zweite Etage hinaufführte. »Wenn einer von uns hier wartet und der andere sich dort hinten positioniert, kann er uns eigentlich nicht mehr entwischen, oder?«

»Wenn wir uns so aufstellen, kann er keinen der Ausgänge mehr erreichen, ohne vorher an uns vorbei zu müssen«, bestätigte Enno die Vermutung seines erfahreneren Kollegen. »Ich werde rüber zur Rolltreppe gehen.«

»Warte noch!« Karsten packte ihn an der Schulter und hinderte ihn so am Gehen. Mit beiden Händen wühlte er in den Innentaschen seiner Jacke herum und beförderte schließlich eine kleine schwarze Kugel ans Tageslicht. »Hier, steck die ein!«

»Was ist das?«

Karsten antwortete nicht sofort, sondern machte sich stattdessen wieder an seinem Ortungsgerät zu schaffen. Nachdem er im Menü einige Einstellungen vorgenommen hatte, leuchtete plötzlich noch ein dritter Punkt auf dem Display. »Damit ich immer weiß, wo du bist. So kann ich dir zur Hilfe kommen, falls du unser Zielobjekt alleine verfolgen musst«, antwortete er schließlich.

»Und ich? Woher soll ich wissen, wo du bist, falls Navid an deiner Seite des Ganges zuerst auftaucht?«, fragte Enno.

»Ich brauche keine Hilfe«, antwortete Karsten trocken.

***

Enno hatte sich direkt neben der Rolltreppe postiert und ließ seinen Blick wie ein Pendel immer wieder von den Geschäften auf der linken zu den Einkaufsmöglichkeiten auf der rechten Seite schweifen. Die Ungewissheit machte ihn wahnsinnig. Da er kein Ortungsgerät besaß, konnte er nur davon ausgehen, dass Navid sich noch immer in der Nordseepassage aufhielt. Hin und wieder versuchte er, am anderen Ende des Ganges seinen Kompagnon auszumachen, aber die Einkaufsmeile war so überfüllt mit Leuten, die ihre Einkäufe erledigen wollten, dass er ihn nicht ein einziges Mal zu Gesicht bekam.

Oder hat er sich nur wieder versteckt? Enno dachte daran, wie Karsten beim Twister nahezu aus dem Nichts aufgetaucht war. *Vielleicht hat er ja auch schon längst Navids Verfolgung aufgenommen. Oder schlimmer noch: Er befragt ihn gerade jetzt in diesem Augenblick.*

»Ich brauche keine Hilfe!« Der arrogante Satz, den Karsten zu ihm gesagt hatte, hallte immer wieder durch Ennos Kopf. Sicherlich war der kampfsporterprobte Computerprofi ein Spezialist auf seinem Gebiet und hatte ihm alleine aufgrund seines Lebensalters einiges voraus. Dennoch ärgerte Enno sich noch immer über seine Worte.

Plötzlich entdeckte er ein vertrautes Gesicht in der Menschenmenge. *Ilias!*

Instinktiv machte er ein paar Schritte zurück und suchte Deckung hinter der Rolltreppe. Immerhin wähnte sein Schützling ihn in Emden, auf der Suche nach dem wahren Mörder von Moritz Schepker. Es war also besser, wenn ihn der Jugendliche nicht zu Gesicht bekam.

Aber wer ist der Typ neben ihm? Enno wagte sich einen Schritt vor, um Ilias Begleiter besser erkennen zu können. Trotz des Caps, das er tief ins Gesicht gezogen hatte, erkannte er Navid sofort. Es war eindeutig der gleiche Junge, wie auf dem polizeilichen Fahndungsfoto, das Jörg ihnen zugespielt hatte. *Von wegen, er hat keinen Kontakt mehr zu ihm,* ärgerte sich Enno über Ilias Lüge und vergaß darüber völlig, auf seine Deckung zu achten.

In diesem Augenblick trafen sich Ilias und Ennos Blicke. Wie angewurzelt blieb der Jugendliche plötzlich stehen und schaute seine Vertrauensperson aus weit aufgerissenen Augen an. Für einen kurzen Augenblick war Navid über das Verhalten seines Freundes verwundert, doch dann folgte er dessen Blick und entdeckte Enno ebenfalls. Auch wenn er ihn noch nie zuvor gesehen hatte, spürte er instinktiv, welche Gefahr der junge Mann für ihn bedeutete. Er wirbelte herum und rannte in die entgegengesetzte Richtung davon.

Ennos Muskeln brauchten einen winzigen Moment, bis auch sie dem Befehl zur Verfolgung der Zielperson gehorchten. Während er an dem bewegungsunfähig scheinenden Ilias vorbeistürmte, versuchte er ihm mit seinen Augen eine stumme Erklärung für all das hier zu senden. Dabei traf ihn der vorwurfsvolle Blick des Jugendlichen mitten ins Mark. Am liebsten wäre er auf der Stelle stehen geblieben und hätte ihm alles ausführlich erklärt.

Navid flüchtete in die untere Etage der H&M-Filiale. Nur wenige Meter hinter ihm lief Karsten, der ebenfalls die Verfolgung aufgenommen hatte.

Wie hat er das gemacht?, wunderte sich Enno noch über das plötzliche Erscheinen seines Kollegen. Dann stürmte auch er in die Filiale des schwedischen Textilunternehmens. Dass Karsten ein schneller Langstreckenläufer war, wusste Enno ja noch aus seinem »Wettlauf« in Norddeich, aber auf dem engen Kaufhaus-Parkour mit den unzähligen Hindernissen hatte Navid mit seinen kurzen, flinken Beinen definitiv Vorteile.

Wie von der Tarantel gestochen sprintete das Zielobjekt die Rolltreppe in das Obergeschoß hinauf. Karsten folgte ihm, schien aber den Abstand nicht halten zu können. Seine große, breite Körperstatur machte es ihm einfach wesentlich schwerer, sich an den shoppenden Damen und den umherstehenden Kleiderständern vorbeizumanövrieren.

In diesem Moment schoss Enno etwas durch den Kopf, dass er zuvor vollkommen vergessen hatte. *Im zweiten Obergeschoß gibt es ja auch noch einen Ausgang!*, fiel ihm siedend heiß ein. Er hatte ganz vergessen, dass die Nordseepassage über eine gläserne Brücke mit dem nebenstehenden Media Markt verbunden war.

Er machte kehrt und überließ Karsten die weitere direkte Verfolgung. Selbst verließ er die Nordseepassage durch den Nebeneingang am Busbahnhof, rannte die Virchowstraße entlang und positionierte sich direkt vor dem einzigen ebenerdigen Eingang des Elektronikmarktes. Wenn er mit seinem Verdacht richtig lag, würde in wenigen Sekunden Navid durch die gläserne Schiebetür gehastet kommen.

Und genau so war es auch. Enno hatte kaum drei Sekunden Zeit gehabt, um sich von seinem Spurt zu erholen, da sah er das Zielobjekt auch schon um die Ecke biegen. Da Navid sich selbst immer wieder hektisch umblickte, um nach seinem Verfolger zu sehen, bemerkte er den ehemaligen Polizisten überhaupt nicht. Erst als er durch die Schiebetür ins Freie trat, fiel ihm der blonde junge Mann auf, den sein Kumpel Ilias im Einkaufszentrum so komisch angestarrt hatte.

Wie er es bei der Polizei gelernt hatte, packte Enno den Flüchtigen, warf ihn zu Boden und drehte ihm einen Arm auf den Rücken. Der schmerzverzerrte Fluch, der Navid in diesem Moment über die

Lippen kam, sorgte dafür, dass alle umherstehenden Passanten sich nach ihnen umsahen.

Nur wenige Augenblicke später kam auch Karsten aus dem Gebäude gerannt. Verwundert schaute er seinen neuen Kollegen an. Er war überrascht, Enno hier anzutreffen. »Du hast ihn erwischt. Respekt!«, lobte er ihn wortkarg. Dann half er dem Flüchtigen auf die Beine. »Wir müssen uns unterhalten!«

Karsten und Enno nahmen Navid in ihre Mitte und führten ihn so eng mit sich, dass dem Jugendlichen jedweder Fluchtversuch aussichtslos erschien. Die anwesenden Schaulustigen tuschelten zwar miteinander, aber niemand versuchte, sie aufzuhalten.

Ob dieselbe Aktion mit einem deutschen Jugendlichen wohl auch so störungsfrei abgelaufen wäre, überlegte Enno.

»Wohin bringt ihr mich?«, fragte Navid wütend. Sein Versuch, sich aus der Umklammerung zu befreien, verpuffte wirkungslos.

»Wir machen einen kurzen Spaziergang«, antwortete Karsten, ohne seinen Gefangenen dabei eines Blickes zu würdigen. »Gibt es hier in der Nähe einen Ort, an dem wir halbwegs ungestört sind?«, wandte er sich anschließend an Enno.

»Wenn wir da vorne über die Straße gehen, kommen wir zum Friedrich-Wilhelm-Platz. Das ist so eine Art kleiner Stadtpark«, antwortete der ehemalige Polizist, fragte sich aber gleichzeitig auch, was sein Kollege mit dem Jungen wohl vorhatte. Er konnte sich nur noch zu gut an die Verhörmethode erinnern, mit denen die Geheimeinheit damals seine Eignung geprüft hatte.

Als sie die Grünanlage erreicht hatten, führte Karsten sie zu einer Parkbank und gab ihnen den Befehl, sich hinzusetzen. Nachdem Enno und Navid seiner Aufforderung Folge geleistet hatten, blickte sich der Elitekämpfer noch einmal zu allen Seiten um und nahm dann ebenfalls Platz. »Wir sind nur hier, um dir ein paar Fragen zu stellen. Danach kannst du wieder gehen.«

Überrascht schauten Navid und Enno ihn an. Meinte er das tatsächlich ernst?

Navid nickte zustimmend. Er hatte ohnehin keine andere Wahl, als auf die Worte der beiden durchtrainierten Männer zu vertrauen. Davonlaufen konnte er ihnen auf jeden Fall nicht mehr.

»Hast du Moritz Schepker mit einem Hammer erschlagen?«, fragte Karsten ohne Umschweife.

»Nein!«, wurde Navid laut.

Enno konnte in der Körpersprache des Jungen keine Anzeichen für eine Lüge erkennen, sah aber gleichzeitig auch, dass Karsten seine Gesichtszüge ebenfalls genauestens studierte. Der unterkühlte Hüne hatte viel mehr Erfahrung mit solchen Gesprächen. Vielleicht hatte er einen ganz anderen Eindruck von dem Verdächtigen.

»Warum bist du dann aus Emden geflohen?«, lautete Karstens zweite Frage.

Der hält sich ja wirklich nicht lange mit Vorgeplänkel auf, dachte Enno.

»Als ich Moritz Leiche gefunden habe, habe ich einfach Panik bekommen. Ich habe ihn doch nur angefasst, um nachzusehen, ob er noch lebt. Danach war mir aber sofort klar, dass man mich verdächtigen würde. Meine DNA war jetzt auf der Leiche, und außerdem hatte ich ihm ja auch noch in aller Öffentlichkeit damit gedroht, ihn zu killen. Bei meinem Vorstrafenregister würde mir doch auch jeder eine solche Tat ohne Weiteres zutrauen.«

»Wo warst du zur Tatzeit?«

Navid schluckte, vergrub die Hände in seinen Jackentaschen und schaute betreten auf seine Oberschenkel. »Ich weiß es nicht«, antwortete er so leise, dass man es kaum verstehen konnte.

»Du weißt es nicht?«, fragte Enno irritiert nach. »Wieso weißt du das denn nicht?«

Navid hob den Kopf wieder an und schaute Enno direkt ins Gesicht. »Ich hatte einen Blackout.«

»Was für ein passender Zufall«, höhnte Karsten verächtlich und klatschte dabei provozierend in die Hände.

»Ich weiß, das klingt bescheuert. Aber ich habe ihn trotzdem nicht erschlagen. Ich habe so ein Zeug geschluckt, dass mich eigentlich vor dem Kampf mit Moritz aufputschen sollte, aber stattdessen …«

»Hat dich das Zeug vollkommen ausgeknockt?«, unterbrach Enno ihn.

Navid nickte. »Ich weiß nur noch, dass ich mitten in der Nacht genau an der Stelle aufgewacht bin, wo ich das verdammte Zeug auch eingenommen habe. Mein Schädel hat wie ein alter Dieseltrecker gebrummt. Ich habe auf die Uhr gesehen und festgestellt, dass es bereits zwei Stunden nach der vereinbarten Duellzeit war. Mir war klar, dass Moritz mich für einen Feigling halten würde, weil ich nicht gekommen bin. Trotz der deutlichen Verspätung bin ich dann aber noch mit dem Rad zu dem vereinbarten

Treffpunkt gefahren. Dort habe ich Moritz dann gefunden. Seine Leiche lag in einem Gebüsch. Überall war dieses Blut. Ich habe ihn angefasst und umgedreht. Ich musste doch nachsehen, ob er noch lebt.«

»Womit wir dann also auch eine Ausrede für deine Fingerspuren und die Haare hätten, die man wahrscheinlich auf der Leiche gefunden hat.« Karsten verschränkte die Arme vor der Brust und schüttelte kaum merklich den Kopf.

Spielen wir jetzt GOOD COP/BAD COP oder glaubt Karsten wirklich nicht, dass er auch unschuldig sein könnte? Aus zusammengekniffenen Augen musterte Enno das Verhalten seines Kollegen. Er hatte das Gefühl, dass Navid ihnen die Wahrheit erzählte. »Von wem hast du das vermeintliche Aufputschmittel bekommen?«

Skeptisch schaute Navid zunächst zu Karsten und dann zu Enno hinüber. »Seinen wirklichen Namen kenne ich nicht, aber in der Szene nennen ihn alle Bisaflor. Bei ihm habe ich auch sonst immer meine Drogen gekauft.«, antwortete er, nachdem er entschieden hatte, dass es für ihn ohnehin nicht mehr schlimmer werden konnte.

»Bisaflor? So wie das Pokémon?«, fragte Karsten verwundert nach.

Navid nickte. »Ja, genau. Den Spitznamen hat er bekommen, weil er hauptsächlich mit pflanzlichen Drogen dealt. Außerdem ist eine gewisse Ähnlichkeit zwischen den beiden wirklich nicht zu leugnen.«

Enno sah Navid zum ersten Mal lächeln. Er wusste zwar, dass es sich bei Pokémon um kleine Figuren aus einer bekannten Nintendo Videospiel-Reihe handelte, aber von diesem speziellen Taschenmonster hatte er bisher noch nichts gehört.

Karsten, der nicht nur ein Computerfreak, sondern auch ein leidenschaftlicher Gamer war, bemerkte die Fragezeichen in seinem Gesicht und klärte ihn kurz auf. »Bisaflor ist ein Pokémon der Typen Pflanzen und Gift. Gegenüber den meisten anderen Pokémon, die entweder niedlich oder total cool aussehen, würde ich dieses als eher dick und hässlich beschreiben.« Er schaute zu Navid hinüber. »Das hast du doch gemeint, oder? Dein Dealer ist ein fetter, hässlicher Drecksack.«

Navids Lächeln wurde noch ein wenig breiter. »Das trifft es ganz gut«, bestätigte er die Zusammenfassung.

»Wo können wir ihn finden?«

»Das verrate ich euch nur, wenn ihr mich hinterher auch wirklich wieder laufen lasst.« Jetzt verschränkte auch Navid die Arme vor der Brust. Seine Lippen presste er fest aufeinander, um zu verdeutlichen, dass er ansonsten keine weiteren Informationen mehr preisgeben würde.

»Wir sind nicht von der Polizei. Wir können dich also gar nicht verhaften«, entgegnete Karsten in einem Tonfall, als wäre ihm das alles vollkommen gleichgültig.

»Wer seid ihr denn?«, fragte Navid verwundert. Er war die ganze Zeit davon ausgegangen, dass es sich bei seinen Verfolgern um Polizeibeamte handelte.

»Wir wurden von Moritz Eltern beauftragt, den wahren Mörder ihres Sohnes zu finden«, log Karsten, ohne dabei auch nur eine Miene zu verziehen.

Nachdenklich musterte Navid die beiden Männer, kam aber erneut zu dem Ergebnis, dass ihm ohnehin keine andere Wahl blieb, als mit ihnen zu kooperieren. Vielleicht sagten sie ja die Wahrheit und würden ihn tatsächlich laufen lassen. »Bisaflor geht jeden Tag eine Stunde lang auf dem Emder Wall spazieren. Dort trifft er seine Kunden und versorgt sie mit Stoff. Er ist jeden Tag exakt eine Stunde dort anzutreffen, aber immer zu einer anderen Uhrzeit.«

»Aber wir können doch jetzt nicht stundenlang auf dem Wall abhängen und nach einem fetten Drogendealer suchen. Was ist denn, wenn er mal krank ist oder wir ihn einfach übersehen? Ist der Wall nicht ziemlich groß?« Bei dem Gedanken an die bevorstehende Suche bekam Enno jetzt schon schlechte Laune.

»Es gibt einen Trick, mit dem seine Kunden für jeden Tag die passende Uhrzeit ermitteln können.« Navids Augen leuchteten wie die eines Kindes, das seinem kleinen Geschwisterchen gerade ein großes Geheimnis vorenthielt.

»Und würdest du uns diesen Trick vielleicht auch verraten?«, fragte Karsten genervt, packte nach Navids Hand und presste seinen Daumen fest auf die Stelle unterhalb des Handballens, an der die Pulsadern besonders gut zu sehen waren.

Navid stöhnte vor Schmerzen auf. »Ja, verdammt, aber lass mich sofort wieder los!«

Karsten lockerte seinen Griff, hielt das Handgelenk aber weiterhin umklammert.

111

»Er ist immer nur zwischen zehn Uhr morgens und zehn Uhr abends dort unterwegs. Die Kalendertage eins bis neun entsprechen daher dem Zeitraum von dreizehn bis einundzwanzig Uhr. Am neunten Dezember ist er also zum Beispiel um einundzwanzig Uhr losgelaufen. Verstanden?« Navid blickte auf und sprach erst weiter, als er von beiden ein bestätigendes Nicken erhalten hatte. »Die Kalendertage von zehn bis einundzwanzig entsprechen dann den tatsächlichen Uhrzeiten. Nur bei den Kalendertagen zweiundzwanzig bis einunddreißig muss man ein wenig rechnen. An diesen Tagen zieht ihr einfach die Zahl zwölf ab, um auf die richtige Uhrzeit zu kommen.« Wieder schaute Navid zu seinen beiden Verfolgern auf. »Ihr könnt doch rechnen, oder?«

Statt ihm eine Antwort zu geben, presste Karsten stattdessen wieder seinen Daumen auf die empfindliche Stelle an Navids Handgelenk.

»Aarg«, schrie Navid auf und krümmte sich vor Schmerzen. »Ihr versteht wohl keinen Spaß, was?«

»Und ob wir das tun!« Ein kaum sichtbares Grinsen huschte über das Gesicht des Kampfsportlers. Dann zog er aus der Innentasche seiner Jacke plötzlich ein paar Handschellen hervor, legte die eine Seite Navid um das Handgelenk und fixierte die andere an der einbetonierten Parkbank.

»Hey, was soll das?«, protestierte Navid. »Ich dachte, ihr seid keine Cops.«

»Sind wir auch nicht.« Karsten erhob sich, nahm das Mobiltelefon zur Hand, das er Navid kurz zuvor abgenommen hatte und wählte die Nummer der Polizei. Nachdem er den Beamten erklärt hatte, wen sie am Friedrich-Wilhelm-Platz abholen konnten, steckte er das Gerät wieder ein und forderte den perplex dreinblickenden Enno auf, ihm zu folgen.

Kapitel 10

Alte Bekannte

Hedda und Tjalda saßen bereits seit über einer Stunde im Grand Café am Stadtgarten und unterhielten sich miteinander. Auf ihrem Tisch stand ein modernes Stövchen aus Edelstahl, eine kleine Kerze erwärmte die darauf stehende Kanne. Bis zu diesem Moment hatte Hedda noch nie darüber nachgedacht, warum man die kreisrunden Lichtquellen auch Teelichter nannte. Doch in Kombination mit dem Stövchen und der darauf stehenden Teekanne ergab alles auf einmal einen Sinn.

Sie schenkte sich noch etwas von dem ostfriesischen Nationalgetränk in ihre Tasse und nahm sich einen Spekulatius von dem danebenstehenden Teller. Sie liebte die nach Kardamom und Zimt schmeckenden Kekse. Während sie genüsslich auf dem Gebäck herumkaute, schaute sie nachdenklich zu Tjalda hinüber, die ihrerseits gerade geistesabwesend aus dem Fenster hinausschaute. Immer wieder hatte sie ihr Gespräch auf Moritz und Navid gelenkt und dabei genauestens darauf geachtet, ob sich das Mädchen in Widersprüche verstrickte oder ihr Körper Signale einer Lüge anzeigte. Aber die junge Volleyballerin machte auf sie weiterhin einen vollkommen ehrlichen Eindruck.

Irgendwie muss ich unser Gespräch noch einmal auf den Anwalt lenken, in dessen Kanzlei Dirk Möller gewesen sein soll, dachte Hedda. Sie suchte noch immer nach der passenden Idee, wie sie möglichst unauffällig dieses Thema anschneiden konnte.

»Willst du eigentlich irgendwann mal heiraten?«, fragte Tjalda sie plötzlich.

Hedda schaute sie verwundert an. Selbstverständlich wollte sie irgendwann heiraten und Kinder bekommen, welche Frau wollte das denn nicht? »Ich denke schon«, war ihre eher ausweichende Antwort. Die Art, wie Tjalda ihr die Frage gestellt hatte, ließ sie daran zweifeln, dass es ihrer Gesprächspartnerin genauso ging. »Du nicht?«

Tjalda schaute wieder auf die Straße hinaus und antwortete, ohne Hedda dabei anzusehen. »Ich glaube nicht.«

»Was? Warum denn nicht?«

»Meine Eltern ...« Kurz drehte Tjalda den Kopf wieder in Heddas Richtung zurück, schaute jedoch sofort wieder nach draußen, als sie die ersten Tränen in ihren Augenlidern bemerkte. »Sie haben mir gestern gesagt, dass sie sich vielleicht scheiden lassen wollen.«

»O nein!« Hedda rutschte mit ihrem Stuhl dichter an Tjalda heran und legte ihren Arm um sie. Durch die vielen vertrauensvollen Gespräche fühlte es sich für sie fast so an, als hätte sie plötzlich eine kleine Schwester. »Gibt es einen konkreten Grund dafür?«

Tjalda schaute Hedda tief in die Augen. Die Tränen, die mittlerweile ihr komplettes Gesicht benetzten, schienen sie jetzt nicht mehr zu stören. »Meine Mutter hat wohl einen Neuen«, antwortete sie mit brüchiger Stimme. »Ich dachte wirklich, ich kenne meine Mutter, aber das hätte ich niemals für möglich gehalten.«

»Deine Mutter?« *Normalerweise sind es doch meist die Männer, die sich eine neue Partnerin anlachen,* war Hedda zunächst überrascht. *Aber deren neue Frauen können ja schließlich nicht alle unverheiratet sein. Vielleicht ist der neue Mann an der Seite von Tjaldas Mutter ja auch noch mit einer anderen verheiratet.*

»Ich hätte auch eher damit gerechnet, dass mein Vater derjenige ist, der plötzlich mit einer jungen Geliebten um die Ecke kommt. Er ist beruflich sehr erfolgreich und viel unterwegs. Außerdem sieht er für sein Alter echt gut aus.«

»Vielleicht raufen sie sich ja auch noch mal wieder zusammen«, versuchte Hedda ihr Mut zuzusprechen.

»Das glaube ich nicht.« Ein trauriges Lächeln huschte über Tjaldas Gesicht. »Die haben sich gestern zwei Stunden lang lautstark gestritten. Mein Vater hat sich demnach sogar schon einen Termin beim Anwalt besorgt. Er sagt, dass meine Mutter keinen Cent von seinem Geld bekommen wird.«

Beim Stichwort »Anwalt« wurde Hedda auf einmal hellwach. *Das ist meine Chance.* »Geht er zu demselben Juristen, bei dem du auch Dirk gesehen hast?«

Tjalda schüttelte den Kopf. »Nein, er hat sich wohl einen Anwalt hier in Emden genommen.«

»In Emden?«, fragte Hedda. »Wo hast du Dirk denn damals gesehen?«

»Der war in Aurich. Ich war mit einer Freundin zum Shoppen dort. Wir wollten gerade zur Sparkasse, um uns ein wenig Geld am

Automaten zu holen, da habe ich ihn zufällig in der Kanzlei verschwinden sehen.«

»Sparkasse?« Hedda rieb sich mit der Hand übers Kinn und tat so, als würde sie darüber nachdenken, wo es in Aurich eine entsprechende Bankfiliale gab. Dabei wunderte sie sich eigentlich nur darüber, warum Dirk sich nicht auch einen Rechtsbeistand in Emden gesucht hatte. Das wäre doch auch für ihn viel einfacher gewesen.

»Ich meine die große Filiale direkt am Marktplatz«, erklärte Tjalda weiter. Offensichtlich hatte sie sich noch nicht gefragt, warum Dirk nicht einfach einen Juristen vor Ort aufgesucht hatte. »Du warst doch schon mal in Aurich, oder?«

Hedda tippte sich an die Stirn. »Ach, die meinst du.« Das letzte Mal, als sie die Bankfiliale gesehen hatte, war sie mit Enno und Gesa dort gewesen, um Dr. Tjard Saathoff aufzusuchen. Auch er war Fachanwalt für Familienrecht. *Kann das ein Zufall sein?*

***

Nachdem Hedda sich von Tjalda verabschiedet hatte, rief sie sofort Enno an und erzählte ihm von der Neuigkeit. Er war gerade auf dem Rückweg von Wilhelmshaven. Da Aurich im Herzen Ostfrieslands und somit auf halber Strecke zwischen Emden und der Jadestadt lag, verabredeten die beiden, sich direkt vor der Kanzlei von Dr. Saathoff zu treffen.

Obwohl Aurich die zweitgrößte Stadt Ostfrieslands war, konnte man sie schon seit 1967 nicht mehr per Bahn erreichen. Hedda blieb also nichts anderes übrig, als zum Emder ZOB am Bahnhof zu laufen und darauf zu hoffen, dass sie dort nicht allzu lang auf einen passenden Bus warten musste.

***

Enno wartete bereits seit fünfundzwanzig Minuten vor der Kanzlei von Dr. Saathoff, als er seine Freundin endlich auf sich zukommen sah. Freudig rannte er ihr entgegen und schloss sie in seine Arme. Er hatte die ganze Wartezeit über versucht, Ilias auf seinem Handy zu erreichen, um ihm alles zu erklären. Dass der Jugendliche ihn dabei immer wieder weggedrückt hatte, bekümmerte ihn sehr.

Hedda merkte ihrem Freund sofort an, dass irgendetwas nicht stimmte. »Hast du Ilias nicht mehr erreicht?«

Traurig schüttelte Enno den Kopf. »Er hat meine Anrufe einfach weggedrückt. Hätte ich an seiner Stelle aber wahrscheinlich auch getan.«

»Und jetzt machst du dir Sorgen um das Konzert, stimmt's?«

»Ja … Nein … Nun ja, ein wenig schon.« Enno schüttelte den Kopf, um endlich seine Gedanken wieder in die richtige Ordnung zu bringen. »Aber am meisten bedrückt es mich, dass Ilias mir nicht mehr vertraut. Er weiß sicher längst, dass wir Navid nicht nur gefasst, sondern auch noch der Polizei übergeben haben.«

»Und deshalb wolltest du ihm sagen, dass wir auch weiter nach anderen Tatverdächtigen suchen.« Hedda stellte sich auf ihre Zehenspitzen, nahm sein Gesicht in beide Hände und gab ihm einen Kuss auf die von Sorgenfalten zerklüftete Stirn. »Was macht Karsten jetzt eigentlich?«

»Er will sich das Mobiltelefon, mit dem Navid die Nachricht an Tjalda geschrieben hat, genauer ansehen. Danach checkt er dann noch die Computer von Moritz und Tjaldas Familienmitgliedern.«

»Woher hatte Navid das Handy denn eigentlich?«

»Es handelt sich wohl um ein altes Gerät, das Ilias früher einmal mit einer Prepaid-Karte betrieben hat, bevor er zu seinem Mobilfunkvertrag auch noch ein neues Telefon dazubekommen hat. Er muss es seinem Kumpel überlassen haben, kurz nachdem der bei ihm aufgetaucht ist.«

Besorgt schaute Hedda in die traurigen Augen ihres Freundes. Sie würde so gerne etwas sagen, um ihm zu helfen, aber am meisten konnten sie wahrscheinlich erreichen, wenn sie Moritz wahren Mörder auf die Schliche kamen. »Wollen wir reingehen?«, fragte sie ihn daher vorsichtig.

Enno nickte, nahm seine Freundin bei der Hand, führte sie zur Eingangstür der Kanzlei und öffnete diese.

Seit ihrem letzten Besuch hatte sich kaum etwas verändert. Das Vorzimmer der Kanzlei war unverändert stylish eingerichtet. Der Teppich passte weiterhin zur Tapete und der Schreibtisch zum Aktenschrank. Auch die Vorzimmerdame war dieselbe wie bei ihrem letzten Besuch.

Wie damals kam die junge Frau hinter ihrem Schreibtisch hervorgeschossen, kaum dass die beiden die Glastür der Kanzlei geöffnet hatten. »Moin, was kann ich für Sie tun?«, begrüßte sie Hedda und Enno mit demselben strahlenden Lächeln, wie bei ihrem ersten Aufeinandertreffen. Ihr fragender Blick verriet dem jungen Ermittlerduo jedoch sofort, dass die blondierte Rechtsanwaltsgehilfin mit den manikürten Fingernägeln und den falschen Wimpern sich nicht mehr an sie erinnern konnte.

»Wir möchten zu Dr. Saathoff«, antwortete Enno freundlich und schielte dabei zu dem verglasten Raum hinüber, der sich direkt an das Vorzimmer anschloss und nur durch ein paar Plissees vor eindringenden Blicken geschützt war. Er wusste, dass dieser Raum das Büro des Anwalts beherbergte.

»Haben Sie einen Termin?«, fragte die Mitarbeiterin so, wie es ihr vermutlich beigebracht worden war.

Genervt rollte Hedda mit den Augen. Auf dieses Spielchen hatte sie dieses Mal nun wirklich keine Lust. Während Enno noch versuchte, der Vorzimmerdame eine Lüge aufzutischen, ging sie einfach entschlossenen Schrittes auf das verglaste Büro zu.

»Halt, Sie können da nicht …«, versuchte die Rechtsanwaltsgehilfin noch, sie aufzuhalten, doch da hatte Hedda die Bürotür bereits geöffnet.

Dr. Saathoff saß in seinem ledernen Chefsessel und studierte gerade einen Stapel Formulare, als ihn der Klang der ruckartig aufgerissenen Tür aufschreckte. Sofort richtete er seinen Oberkörper auf und schaute überrascht Richtung Tür. Im Gegensatz zu seiner Angestellten erkannte er die junge Frau, die, ohne anzuklopfen, in sein Büro gestürmt kam, sofort wieder.

»Hallo, Dr. Saathoff«, begrüßte Hedda den Juristen. »Entschuldigen Sie bitte den Überfall, aber wir haben nur ein paar kurze Fragen an Sie.« Unaufgefordert setzte sie sich an den runden Tisch, an dem sie auch beim letzten Mal gemeinsam gesessen hatten.

Irritiert schaute Dr. Saathoff zur Tür. Erst mit einigen Sekunden Verzögerung tauchte auch Enno endlich im Türrahmen auf. Er nickte dem Juristen mit einem entschuldigenden Lächeln zu, ging langsam zu seiner Freundin hinüber und setzte sich zögerlich neben sie.

Mit einer Mischung aus Wut und Angst erhob sich der Anwalt aus seinem Sessel und ging zur offenstehenden Bürotür.

»Soll ich Ihnen eine Kanne Tee bringen?«, fragte seine blondierte Mitarbeiterin und warf dabei einen neugierigen Blick in das Büro ihres Chefs. Nach Heddas Überfall glaubte sie jetzt doch, sich an die junge Dame mit dem forschen Auftreten erinnern zu können.

»Nein, die Herrschaften bleiben nicht lange«, antwortete er schroff, knallte ihr die Tür vor der Nase zu und wandte sich energisch zu seinen ungebetenen Besuchern um. »Wenn Sie glauben, Sie können mich jetzt mein Leben lang erpressen, nur weil ich in meinem Privatleben einen einzigen Fehler begangen habe, dann ...« Er sprach nicht weiter, sondern positionierte sich direkt hinter dem freien Stuhl, der neben Hedda stand. Mit den Händen stützte er sich auf der Rückenlehne ab und schaute zunächst Hedda und dann Enno herausfordernd in die Augen.

»Wir wollen Sie nicht erpressen«, versuchte Enno ihn zu beruhigen. »Wir wollen Ihnen wirklich nur ein oder zwei Fragen stellen.«

»Leider können wir damit nicht warten, bis Ihre liebreizende Assistentin uns einen Termin gegeben hat«, schob Hedda noch schnell eine Begründung für ihren Überfall hinterher.

Dr. Saathoff zog den vor ihm stehenden Stuhl zurück und setzte sich seufzend hin. Während er sich mit den Händen übers Gesicht rieb, schüttelte er immer wieder ungläubig den Kopf. »Aber Sie wissen doch genau, dass ich Ihnen keine Informationen über meine Mandanten geben darf.« Er formulierte seine Worte nicht als Frage. Ihm war vollkommen klar, dass Hedda und Enno nicht zu ihm gekommen waren, um sich um ihrer selbst Willen einen anwaltlichen Rat geben zu lassen.

»Wir werden versuchen, unsere Fragen so zu stellen, dass Sie das auch nicht müssen«, versuchte Enno auf ihn einzugehen.

Der Jurist lachte höhnisch auf. »Da bin ich aber gespannt.«

»Vor Kurzem ist ein gewisser Dirk Möller aus Emden bei Ihnen gewesen, um sich hinsichtlich einer möglichen Adoption beraten zu lassen. Ist das richtig?«, eröffnete Hedda die Fragerunde.

Dr. Saathoff musterte die junge Ermittlerin mehrere Sekunden lang. Er hatte ein hervorragendes Namensgedächtnis und wusste daher sofort, wann und warum Herr Möller bei ihm gewesen war. Er überlegte lediglich, wie er der dreisten junge Dame antworten konnte, ohne dabei direkte Informationen über das Gespräch mit seinem Mandanten preisgeben zu müssen. »Ich habe in der letzten Zeit keine Beratung hinsichtlich einer Adoption durchgeführt«, antwortete er ihr schließlich.

Hedda schaute ihren Freund verwundert an.

118

»Dann war er also bei Ihnen, um sich über eine mögliche Eheschließung beraten zu lassen?«, fragte jetzt Enno.

Der Anwalt drehte seinen Kopf zu dem ehemaligen Polizisten hinüber. Wieder vergingen einige Sekunden, bis er eine Antwort gefunden hatte, die er für vertretbar hielt. »Wussten Sie eigentlich, dass ich nicht nur Fachanwalt für Familienrecht, sondern auch für Erbrecht bin? So steht es übrigens auch draußen an der Tafel, neben dem Eingang zu meiner Kanzlei.« Er betonte sein zweites Fachgebiet so deutlich, dass es auch Sekunden später noch wie eine Art Wasserzeichen in Heddas und Ennos folgenden Gedanken verankert war. »Wenn ein neuer Mandant extra aus einer anderen Stadt zu mir kommt, können Sie also davon ausgehen, dass er mich wegen einem meiner Fachgebiete aufgesucht hat.« Er machte eine kurze Pause und bedachte die beiden Ermittler mit einem stechenden Blick. »Ich bitte Sie aber um Ihr Verständnis, dass ich über den genauen Grund selbstverständlich nicht mit Ihnen sprechen darf.«

Wieder tauschten Hedda und Enno einen kurzen Blick miteinander aus. Nachdem sie sich kurz zugenickt hatten, verabschiedeten sie sich von Dr. Saathoff und entschuldigten sich noch einmal für ihr unhöfliches Eindringen. Draußen vor der Kanzlei blieben sie kurz stehen und betrachteten das besagte Schild.

»Da steht es tatsächlich. Fachanwalt für Familien- und Erbrecht. Wie konnten wir das nur übersehen?« Enno schlug sich mit der flachen Hand vor die Stirn.

»Denkst du das Gleiche wie ich?«, fragte Hedda.

Enno nickte. »Wir sollten auf jeden Fall Karsten davon erzählen. Wenn er die PC's der Familie Schepker überprüft, sollte er seine Suche unbedingt auf bestimmte Schlagworte ausweiten. Außerdem muss er uns einige Informationen vom Amtsgericht besorgen.«

»Wieso vom Amtsgericht?«, fragte Hedda verwundert. Ihr war bisher nur in den Sinn gekommen, dass Dirk Möller seinen Ziehsohn Moritz erschlagen haben könnte, um dessen Platz als Erbe der todkranken Nikole Schepker einzunehmen.

»Das deutsche Erbrecht ist sehr kompliziert. Ich habe darüber mal eine Dokumentation im TV gesehen. Ich kenne mich nicht wirklich gut aus, aber zwei Sachen habe ich mir gemerkt. Erstens: Wenn es kein Testament gibt, gilt in Deutschland immer die gesetzliche Erbfolge. Und zweitens: Wenn Ehegatten in einem sogenannten Berliner Testament zunächst sich gegenseitig und nachfolgend die eigenen Kinder als Erben benannt haben, dann kann dieses Testament nach dem Tod des ersten Ehepartners nicht mehr geändert werden.«

In ihren Gedanken musste Hedda sich einen fiktiven Familienstammbaum kreieren, um Ennos Erklärungen besser nachvollziehen zu können. »Wie funktioniert die gesetzliche Erbfolge?«, hakte sie nach. Da sie sehr jung war und deshalb auch noch überhaupt nichts zu vererben hatte, hatte sie sich bisher über dieses Thema noch keine Gedanken gemacht.

»Wie gesagt, ich habe lediglich mal eine Doku im Fernsehen gesehen. Vereinfacht gesagt, ist die Reihenfolge der Erben aber wie folgt: Zuerst erben immer die Kinder. Falls es keine gibt, erben die Eltern. Sind diese jedoch naturgemäß bereits verstorben, kämen die Geschwister zum Zuge.«

»Und was ist mit dem Ehepartner?«, fragte Hedda verwundert.

»Sorry, den habe ich bei der Aufzählung ganz vergessen. Natürlich erbt der Ehepartner vor den Geschwistern und ich meine auch vor den Eltern des Verstorbenen. Wenn es aber Kinder gibt, muss er sich das Erbe jedoch mit ihnen teilen.«

»Du denkst also, Dirk Möller könnte Moritz erschlagen haben, um als potenzieller neuer Ehemann, beim Ableben seiner todkranken Frau, das Erbe nicht teilen zu müssen? Ob sie sehr vermögend ist?« Entsetzt schlug Hedda die Hände vor das Gesicht. Moritz hatte in Dirk eine Vaterfigur gesehen. Konnte der neue Lebensgefährte seiner Mutter dieses Vertrauen derart kaltblütig ausgenutzt haben.

»Das wäre eine Möglichkeit«, stimmte Enno zu. »Oder aber, nach dem Tod von Nicole Schepkers erstem Ehemann wurde bereits ein Berliner Testament eröffnet, welches ihren gemeinsamen Sohn Moritz als Nacherben vorsieht.«

»Mal angenommen, Moritz Eltern haben wirklich so ein Berliner Testament verfasst. Kann Nicole Schepker ihren letzten Willen denn jetzt wieder ändern, wo doch auch ihr Sohn vor ihr verstorben ist?«, fragte Hedda.

Enno zuckte mit den Schultern. »Keine Ahnung, aber genau diese Frage könnte Dirk Möller auch Dr. Saathoff gestellt haben.«

Kapitel 11

Ein perfider Plan

Nach einer viel zu kurzen Nacht, in der Hedda und Enno immer wieder über die Geschehnisse des vergangenen Tages gesprochen und über mögliche Motive spekuliert hatten, wirkte die kühle Winterluft auf dem Emder Wall auf beide wie eine belebende Morgendusche.

Als Hedda noch in Emden das Gymnasium am Treckfahrtstief besucht hatte, führte sie ihr Schulweg oft über diese weitläufige Grünanlage, die während des Dreißigjährigen Krieges die Stadt Emden als einzigen Ort Ostfrieslands vor der Einnahme durch fremde Truppen bewahrt hatte. Erst ab Mitte des 19. Jahrhunderts wurde der Wall dann sukzessive in ein Naherholungsgebiet umgestaltet.

»Ich befürchte, wir müssen uns aufteilen.« Hedda war nicht wohl bei dem Gedanken, sich alleine auf die Suche nach Navids Dealer zu machen. Aber aufgrund der großen Fläche und der knappen Zeit schien es ihr die einzig erfolgversprechende Möglichkeit zu sein.

Enno schaute sie beunruhigt an. »Bist du sicher? Ich würde dich lieber nicht alleine lassen. Der Typ könnte gefährlich sein.«

Hedda lächelte ihren Freund glücklich an. Sie liebte es, wenn er seine Rolle als beschützender Ritter einnahm. »Wenn Navid euch nicht angelogen hat, dann ist dieser Bisaflor jeden Tag nur exakt eine Stunde lang hier anzutreffen. Wir dürfen einfach nicht das Risiko eingehen, noch einen weiteren Tag bei der Suche nach Moritz Mörder zu verlieren.«

Schweren Herzens stimmte Enno seiner Freundin zu. »Du kennst dich hier besser aus. Was schlägst du vor?«

Wohlwissend, dass eine getrennte Suche die einzig rational sinnvolle Entscheidung war, hatte Hedda ihren Freund zu der Stelle geführt, an der die Nordertor Straße in die Wolthuser Straße überging. Sie glaubte sich nämlich zu erinnern, dass sich hier auch ungefähr der Mittelpunkt der gesamten Grünanlage befand. »Geh du dort entlang.« Sie zeigte mit dem ausgestreckten Arm an der Tanzschule vorbei, in der sie selbst einige Kurse besucht hatte, bevor sie mit ihren Eltern nach Bremen ziehen musste. »Ich werde mich um die andere Seite kümmern.« Sie schwenkte um etwa 180 Grad herum und zielte mit ihrem Finger in die Richtung, in deren Luftlinie sie das Van-Ameren-Bad vermutete. In diesem Freibad hatte sie sich früher oft mit ihren Freundinnen zum Schwimmen getroffen. Außerdem kannte sie diese Seite des Walls viel besser, da sie regelmäßig mit dem Fahrrad hier entlang gefahren war, wenn sie zur Schule musste.

Enno willigte ein. »Sei vorsichtig!«, sagte er, umarmte seine Freundin und gab ihr einen innigen Kuss.

»Du aber auch«, entgegnete Hedda, nachdem sich ihre Lippen wieder voneinander gelöst hatten, und schaute ihm dabei besorgt in die Augen.

Sie hatten sich beide noch einige Male nacheinander umgedreht, bis ein direkter Sichtkontakt zwischen ihnen nicht mehr möglich war. Während Hedda den ungepflasterten Weg entlangschritt und ihren Blick über die Bäume, Sträucher und den außen am Wall entlangführenden Stadtgraben schweifen ließ, kamen viele Erinnerungen aus ihrer Teenagerzeit in ihr hoch. Sie war so oft mit dem Fahrrad hier entlanggefahren, dass es ihr auch nach den ganzen Jahren immer noch sehr vertraut vorkam.

Die junge Ermittlerin war bereits eine ganze Zeit lang unterwegs, als sie am äußeren Ende des Walls die Kesselschleuse erreichte. Diese Rundkammerschleuse war ein europaweit einzigartiges Bauwerk. Sie verband gleich vier Wasserstraßen miteinander: den Ems-Jade-Kanal, den Emder Stadtgraben, das Fehntjer Tief und einen Ausläufer des Emder Hafens. Außerdem trafen an diesem Standort die Emder Stadtteile Wolthusen, Herrentor, Klein-Faldern und Groß-Faldern aufeinander.

Nachdenklich schaute Hedda auf den Ems-Jade-Kanal. Erst jetzt wurde ihr bewusst, dass dieses Gewässer ihre alte Emder Heimat direkt mit ihrer neuen Heimat in Wilhelmshaven verband. *Würde hier ein Schiff für mich bereitliegen, könnte ich damit sogar bis vor unsere neue Wohnung fahren*, dachte Hedda verträumt.

In diesem Moment hörte sie hinter sich jemanden keuchen. Erschrocken wirbelte sie herum, sah aber nur noch die Rückenansicht eines dicken Mannes, der soeben an ihr vorbeigewalkt sein musste. Er trug einen schrecklich unmodern aussehenden Polyester-Trainingsanzug und hielt in jeder Hand einen Ski-Stock.

Ob das Bisaflor war? Oder ist der wirklich nur hier, um den Kampf gegen sein Übergewicht aufzunehmen? Unsicher schaute Hedda dem unsportlichen Mann hinterher. Dann blickte sie auf ihre Armbanduhr. Die Stunde war fast vorüber, und sie hatte ihren Teil des Walls nahezu vollständig abgesucht. Enno hatte sich auch noch nicht bei ihr gemeldet. Wenn sie aber heute noch eine Chance auf Erfolg haben wollte, dann war diese genau jetzt gekommen.

Im Laufschritt eilte sie dem Verdächtigen hinterher. »Entschuldigung!«, rief sie, als sie ihren Rückstand auf nur noch wenige Meter verkürzt hatte.

Der Mann im Jogginganzug blieb stehen, drehte sich aber nicht zu Hedda um, sondern walkte stattdessen auf der Stelle weiter.

Die junge Ermittlerin schloss zu ihm auf und stellte sich direkt vor ihn. Ein Blick in sein Gesicht genügte, und sie wusste, dass sie den gesuchten Dealer gefunden hatte. Er war fett, hässlich und sein Gesicht hatte tatsächlich große Ähnlichkeit mit dem besagten Pokémon.

»Ja, bitte«, keuchte ihr Gesprächspartner völlig außer Atem.

»Ich möchte gerne mit Ihnen über Ihre Geschäfte reden«, kam Hedda sofort zur Sache.

Mit leicht zusammengekniffenen Augen schaute der Mann im Jogginganzug seine hübsche Gesprächspartnerin prüfend an. »Sie müssen mich verwechseln«, sagte er schließlich und walkte einfach weiter.

»Warten Sie!« Hedda packte den Koloss am Oberarm, schaffte es aber nicht, ihn aufzuhalten. Erst als sie ihn erneut überholte und sich direkt vor ihm aufbaute, blieb er wieder stehen.

»Was wollen Sie von mir?«, fragte er genervt. »Ich will hier nur mein Sportprogramm absolvieren!«

»Lassen wir doch die Spielchen. Ich weiß genau, dass Sie nicht hier sind, um Sport zu machen.«

»Und weshalb bin ich dann Ihrer Meinung nach hier?« Der Dealer legte den Kopf leicht schief und schaute sie herausfordernd an.

»Sie sind hier, um Drogen zu verkaufen!« Hedda verschränkte die Arme vor der Brust und blickte dem Verdächtigen herausfordernd in die Augen. Sie hatte keine Angst vor dem Mann, der mindestens doppelt so schwer war wie sie selbst. Und das wollte sie ihm auch zeigen.

Bisaflor machte einen Schritt auf sie zu, ohne dabei den Blickkontakt zu lösen. Er stand jetzt so dicht vor ihr, dass sein Schweißgeruch Hedda direkt in die Nase stieg. »Sie können mich gerne filzen, wenn Sie wollen, Frau Kommissarin.« Ohne zu zögern öffnete er den Reißverschluss seiner Trainingsjacke und legte so seinen übergewichtigen, behaarten Oberkörper frei, dessen Rundungen nur noch von einem gigantischen Unterhemd unter Kontrolle gehalten wurden. Mit einem feisten Grinsen und ausgebreiteten Armen stand er vor ihr, als warte er gerade darauf, vom Flughafenpersonal abgetastet zu werden.

Der stechende Schweißgeruch in Kombination mit den männlichen Brüsten, die Heddas eigenen Rundungen in puncto Umfang durchaus Konkurrenz machten, verursachte bei der jungen Ermittlerin eine aufkommende Übelkeit. Instinktiv machte sie einen Schritt zurück, ärgerte sich aber noch im selben Moment darüber, dass ihr Gesprächspartner diese Reaktion als Erfolg seiner Einschüchterungstaktik bewerten könnte.

Hatte er sie gerade wirklich Frau Kommissarin genannt? War das nur ein Scherz gewesen oder hielt er sie wirklich für eine Mitarbeiterin der Polizei?

»Ich bin keine Kommissarin!«, sagte Hedda entschlossen.

Bisaflor verzog verächtlich das Gesicht, während er den Reißverschluss seiner Trainingsjacke wieder schloss. »Leute wie euch rieche ich auf einhundert Meter Entfernung. Wie oft habt ihr mich schon gefilzt und nicht ein Gramm Drogen bei mir gefunden, hä?« Stolz reckte er das Kinn nach oben. »Ihr werdet mich nie erwischen.«

Hedda beobachtete ihren Gesprächspartner genau, der wie ein arroganter Gockel vor ihr stand und sich in seiner Selbstsicherheit suhlte. *Wie kann ich diesen Typ nur knacken?* Sie entschied, es mit einer Kombination aus Ehrlichkeit und Schmeichelei zu probieren. »Ich bin keine Polizistin, aber Ihr Nasenradar funktioniert offenbar außergewöhnlich gut. Ich bin Mitglied einer Organisation, die den Mord an Moritz Schepker aufklären will. Einer Ihrer Kunden steht dabei in Verdacht, den Jungen ermordet zu haben.«

Regungslos schaute der adipöse Scheinsportler auf Hedda herab. Der neugierige Glanz in seinen Augen verriet ihr jedoch, dass er durchaus daran interessiert war, ihr noch weiter zuzuhören.

»Wir interessieren uns also überhaupt nicht für Sie und Ihre kleinen Drogengeschäfte. Mir ist schon klar, dass Sie das Zeug nicht bei sich tragen. Wahrscheinlich haben Sie es irgendwo hier im Park versteckt und verraten ihren Kunden erst nach der Geldübergabe, in welchem Baumstumpf sie es finden können.«

Über die tatsächliche Abwicklung der Drogengeschäfte hatte Hedda zwar nur spekuliert, aber der überraschte Gesichtsausdruck ihres Gesprächspartners verriet ihr, dass sie die Wahrheit – wenn überhaupt – nur ziemlich knapp verfehlt haben konnte.

Bisaflor lachte laut auf. »Sie haben so was von keine Ahnung!«

Aber Hedda hörte an der Unsicherheit in seiner Stimme, dass er nur versuchte, sie wieder von der richtigen Fährte abzubringen. »Wie gesagt, Ihre Geschäfte interessieren uns nicht!« Sie lächelte vielsagend. Der arrogante Dealer sollte ruhig wissen, dass sie ihn durchschaut hatte.

»Was interessiert Sie denn dann?«

»Der Mordverdächtige gibt an, bei Ihnen kurz vor der Tat ein Aufputschmittel gekauft zu haben, dass aber eine vollkommen gegensätzliche Wirkung gehabt haben soll. Was können Sie mir dazu sagen?«

Nachdenklich schaute Bisaflor zunächst Hedda an, löste dann aber seinen Blick und schaute scheinbar ziellos in der Gegend umher. »Ich sage …« Er machte eine kleine Pause. »… Ich weiß noch immer nicht, wovon Sie da eigentlich sprechen. Auf Wiedersehen!« Er wandte sich ab und ging ohne ein weiteres Wort davon.

»Bleiben Sie stehen!«, schrie Hedda ihm wütend hinterher, aber der Dealer dachte nicht daran, ihrer Aufforderung Folge zu leisten. *Was soll ich denn jetzt machen?* Aufgeregt schaute sie sich in alle Richtungen um. *Wenn Enno doch jetzt nur hier wäre*, dachte sie verzweifelt, doch ihr Freund war weit und breit nicht zu entdecken. Stattdessen bemerkte sie eine sportliche Herrentruppe in einheitlichen Trainingsanzügen, die sich ihnen im schnellen Tempo näherte. *Das könnte klappen!*

Erneut nahm sie ihre Beine in die Hand, überholte den schwerfällig walkenden Verdächtigen und baute sich vor ihm auf. Doch dieses Mal blieb sie nicht nur stehen, um darauf zu warten, dass er es ihr gleichtat. Ruckartig entledigte sie sich ihrer Jacke. Dann schob sie ihren Pullover bis zu ihrem Kinn hoch, packte das darunterliegende

Unterhemd mit beiden Händen und riss es mit aller Kraft auseinander, sodass Bisaflor jetzt freien Blick auf ihren BH hatte.

»Was soll das?«, fragte der fette Drogenhändler überrascht und gleichzeitig fasziniert.

»Wenn du jetzt nicht sofort die Klappe aufmachst und mir sagst, was ich von dir wissen will, dann werde ich laut um Hilfe schreien und denen da …« Sie zeigte mit ihrem ausgestreckten Arm auf die Männergruppe, die sich Bisaflor unaufhaltsam von hinten näherte. »… sagen, dass du gerade versucht hast, mich zu vergewaltigen.«

Angsterfüllt schaute der Dealer über seine Schulter. »Das machst du nicht«, sagte er, erkannte aber in Heddas entschlossenem Gesichtsausdruck sofort, dass sie nicht bluffte. »Okay«, lenkte er deshalb rasch ein. »Aber zieh dich bitte wieder an.« Wieder schaute er sich um. Die Jogger waren nur noch wenige Meter von ihnen entfernt.

Mit einem zufriedenen Siegerlächeln zog Hedda ihren Pullover wieder hinunter und streifte sich die Jacke wieder über die Arme. Als die Männer links und rechts an ihr und Bisaflor vorbei joggten, lächelte sie den Sportlern freundlich zu.

»Was wollen Sie von mir?« Der Dealer verschränkte seine viel zu kurz wirkenden Arme über seinem dicken Bauch.

»Ich finde, wir können ruhig beim *Du* bleiben. Immerhin hast du mich gerade fast nackt gesehen.« Jetzt lächelte Hedda auch ihn freundlich an. Sie hoffte, durch ihre scherzhafte Bemerkung und den Verzicht auf unnötige Förmlichkeiten die Anspannung aus der Situation zu nehmen. »Wie gesagt, ich bin nicht von der Polizei. Deine kleinen Drogengeschäfte interessieren mich nicht die Bohne.«

Bisaflor musterte sie einen Augenblick schweigend. »Normalerweise rieche ich Bullen auf hundert Meter Entfernung. Ich war mir sicher, dass du auch zu dem Verein gehörst.«

Hedda dachte über eine zielführende Antwort nach. Sollte sie ihrem Informanten die Wahrheit sagen? Durfte sie das überhaupt? »Wie gesagt, deine Nase hat da auch nicht ganz unrecht. Aber ich schwöre dir, ich bin nicht von der Polizei, und deine Drogengeschäfte interessieren mich wirklich kein bisschen. Ich will nur herausfinden, wer Moritz Schepker ermordet hat.«

»Ist das der Junge, den sie hier auf dem Wall gefunden haben? Der, der mit einem Hammer erschlagen worden ist?«

Die junge Ermittlerin nickte. »Ja, das ist er. Die Polizei hat als Hauptverdächtigen einen deiner Kunden verhaftet. Navid beteuert jedoch seine Unschuld. Er gibt an, zur Tatzeit bewusstlos gewesen zu sein. Kurz davor ist er wohl noch bei dir gewesen, um sich ein Aufputschmittel zu besorgen. Kannst du dich daran erinnern?«

Nachdenklich kaute Bisaflor auf seinen ohnehin schon vollkommen abgekauten Fingernägeln herum. Es war ihm anzusehen, dass er mit seinem Gewissen haderte.

»Nun komm schon!«, forderte Hedda ihn auf. »Du bist ein netter Kerl. Das kann ich doch sehen. Ein wenig mit Betäubungsmitteln dealen, das ist eine Sache, aber du willst dich doch nicht der Beihilfe zum Mord schuldig machen, oder?«

Heddas Worte hatten offensichtlich Spuren bei dem Dealer hinterlassen. Nervös zuckten seine Pupillen herum, während ihm erste Schweißtropfen die Schläfen hinunterliefen. »Ich wusste doch nicht …«, begann er zu stottern und senkte den Kopf.

»Was wusstest du nicht?« Hedda legte ihm eine Hand auf die Schulter, neigte ihren Kopf und versuchte so, den Blickkontakt zwischen ihnen wiederherzustellen.

Bisaflors Kinn hob sich leicht an. »Da war dieser Typ. Ich hatte ihn noch nie zuvor gesehen, aber er war definitiv kein Bulle. Wie gesagt, dafür habe ich ein Näschen. Er hat behauptet, er wäre ein Bekannter von Navid. Dann hat er mir von dem bevorstehenden Duell mit diesem Jungen erzählt. Er meinte, er würde sich Sorgen um ihn machen, da er ja bereits mehrere Vorstrafen wegen Körperverletzung hatte. Deshalb wollte er mich darum bitten, Navid ein Mittel zu verkaufen, das ihn für die Zeit des Kampfes außer Gefecht setzen würde.«

»Und du hast zugestimmt?«

»Nicht sofort. Ich habe ihn gefragt, wie ich Navid dazu bringen sollte, genau an dem Tag des Kampfes zu mir zu kommen und das Mittel auch einzunehmen. Er hat dann nur gesagt, dass ich das alles ruhig ihm überlassen könne.«

»Und dann hast du *Ja* gesagt?«

Der Dealer nickte. »Wieso nicht? Der Typ hat mir im Voraus einen viel zu hohen Preis bezahlt.« Er zuckte mit den Schultern und schaute sie dabei unschuldig an. »Außerdem dachte ich, ich verhindere damit einen Kampf zwischen den beiden und tue somit nicht nur mir, sondern auch den Jungs etwas Gutes. Ich konnte ja nicht ahnen …«

Betroffen schaute Bisaflor zu Boden. Zum ersten Mal hatte er das Gefühl, eine Mitschuld am Tod des Jugendlichen zu tragen.

»Und Navid kam zu dir, so wie es der Mann vorausgesagt hat?«, fasste Hedda nach.

»Ja, er kam genau an dem besagten Tag zu mir. »Er wusste ja, zu welcher Uhrzeit er mich hier antreffen würde.«

»Hat er noch irgendetwas zu dir gesagt?«

»Er meinte nur, dass er meinen Zettel bekommen hätte. Er hat sich bedankt und mich dann sofort um das Aufputschmittel gebeten.«

»Du hast ihm eine Nachricht geschrieben?«

»Nein!« Bisaflor schüttelte vehement den Kopf. »Ich gehe davon aus, dass der Typ das gewesen ist. Er wollte sich ja um alles kümmern.«

»Weißt du, was auf dem Zettel stand?«

»Nein. Ich wollte ihn auch nicht danach fragen. Aber aus dem Zusammenhang würde ich mutmaßen, dass der Typ ihm, in meinem Namen, ein kostenfreies Aufputschmittel versprochen hat. Navid hat das Zeug nämlich aus dem Versteck geholt, ohne auch nur einmal nach den Kosten zu fragen.«

»Und woher wusste er, wann er das Mittel einnehmen muss?«, fragte Hedda.

Wieder senkte Bisaflor den Kopf. »Von mir. Ich wusste von dem Typen, zu welcher Uhrzeit der Kampf geplant war. Navid wollte mit dem Zeug zunächst abhauen. Wahrscheinlich hatte er geplant, dass Mittel erst direkt vor dem Kampf zu schlucken. Ich habe ihm deshalb gesagt, er müsse es sofort einnehmen, damit es bis zum Duell seine volle Wirkung entfaltet.«

»Und das hat er gemacht?«

»Ja, ich denke schon. Er ist daraufhin jedenfalls sofort dort hinter dem Busch verschwunden.« Er zeigte auf eine hochgewachsene und blickdichte Pflanze.

»Aber du weißt nicht mit Sicherheit, ob er das Mittel genommen hat?«, hakte Hedda nach.

Bisaflor schüttelte den Kopf. »Ich bin lieber gleich abgehauen.«

Hedda und der Dealer gingen auf den Busch zu, umrundeten ihn und inspizierten die dahinterliegende Fläche. Sie fanden allerlei Müll und leere Drogentütchen, aber keinen Hinweis darauf, ob Navid das Mittel tatsächlich eingenommen hatte oder nicht.

»Kannst du mir sagen, wie der Typ aussah?«, fragte Hedda.

Bisaflor überlegte kurz. »Er war sehr groß, hellhäutig, trug eine rote Baseballmütze und dazu passende Turnschuhe. Außerdem sprach er mit so einem komischen Akzent und hatte schulterlange, schwarze Haare.«

»Schwarze Haare?«, fragte Hedda ungläubig.

»Ja«, bestätigte der Dealer. »Er sah ein wenig so aus wie Winnetou oder dieser eine Typ von Modern Talking.«

Hedda stellte vor ihrem inneren Auge ein Phantombild zusammen. Wer war der geheimnisvolle Mann und warum wollte er, dass Navid sein Duell mit Moritz Schepker verpasste?

Kapitel 12

Eine haarige Angelegenheit

Hedda war gerade auf dem Rückweg zu ihrem Ausgangspunkt am Wall, um sich dort wieder mit Enno zu treffen, als dieser ihr bereits entgegengelaufen kam.

Völlig außer Puste blieb ihr Freund vor ihr stehen, beugte sich vor und stützte sich mit seinen Händen auf den Knien ab. »Ich habe dich überall gesucht. Verdammt, der Wall ist echt riesig«, keuchte er erschöpft. »Ich habe Bisaflor nirgends entdeckt. Hast du ihn gesehen?«

Hedda nickte und erzählte Enno alle Details, von dem vorangegangenen Gespräch mit dem Dealer.

»Ob der Typ mit den langen schwarzen Haaren wirklich nur Navid beschützen wollte?«, überlegte Enno laut. »Vielleicht können wir ihn selber fragen, ob er einen Mann kennt, auf den die Beschreibung passt.« Sofort zog Enno sein Smartphone aus der Hosentasche.

»Was hast du vor?«, fragte Hedda.

»Ich werde Karsten anrufen. Navid sitzt bestimmt längst in Untersuchungshaft. Vielleicht haben wir einen Kontakt bei der Polizei, der ihn nach dem geheimnisvollen Typen fragen kann.«

Konzentriert wischte Enno auf dem Display seines Handys herum, als es plötzlich einen eingehenden Anruf anzeigte.

»Das ist Ali!«, sagte Enno verdutzt und schaute seine Freundin fragend an. Erst nach einigen zögerlichen Sekunden nahm er das Gespräch entgegen. »Ali, was ist los? Gibt es Probleme wegen des Konzerts?«

Beunruhigt beobachtete Hedda, wie die Sorgenfalten auf Ennos Gesicht im Laufe des Telefonates immer größer wurden. Auch wenn er zuletzt kaum noch über das Konzert gesprochen hatte, wusste sie doch, dass er in Gedanken immer wieder bei seinen Jungs war.

»Hör zu, ich darf dir leider nicht genau sagen, worum es geht. Aber du musst mir einen Gefallen tun. Richte Ilias von mir aus, dass er mir vertrauen muss. Sag ihm, es sei nicht so, wie es ausgesehen hat. Ich versuche weiterhin alles, um seinem Kumpel zu helfen.« Enno machte eine kleine Pause. »Du musst ihn dazu bringen, weiter für das Konzert zu proben. Wenn er es nicht für mich macht, dann soll er es eben für euch oder die gute Sache machen!«, schob er dann noch entschlossen hinterher.

Nachdem er das Telefonat beendet hatte, schaute er traurig zu Hedda hinüber. »Ilias hat sich seit der Festnahme von Navid nicht mehr bei den Proben blicken lassen. Er denkt sicher, dass ich ihn hintergangen habe.« Kraftlos ließ er den Kopf auf die Brust sinken.

Hedda umarmte ihren Freund. »Ali wird ihn bestimmt überzeugen. Und wenn wir den wahren Mörder von Moritz gefunden haben, wird auch Ilias dir verzeihen«, versuchte sie ihn aufzumuntern.

In diesem Moment klingelte schon wieder ein Telefon. Dieses Mal war es jedoch das alte Handy, mit dem sie den Kontakt zu ihrem Vorgesetzten hielten. Während Hedda das Gespräch entgegennahm, blieb Enno dieses Mal nur die Rolle des Zuhörers.

»Das war Jörg«, sagte Hedda, nachdem sie das Telefonat beendet hatte. »Er will sich mit uns und Karsten in zwei Stunden in unserem Hotelzimmer treffen.«

***

Während Karsten auf dem einzigen Sessel im Hotelzimmer Platz genommen hatte, saßen Hedda und Enno nebeneinander auf dem Bett. Jörg stand etwa einen Meter vor seinem Team und kritzelte etwas auf dem mobilen Flipchart herum, das er mitgebracht hatte.

»Ihr habt Navid aufgespürt und der Polizei übergeben«, richtete er sich an Karsten und Enno. »Gute Arbeit! Obwohl wir ursprünglich keinen offiziellen Auftrag für diesen Fall bekommen hatten, ist mein Vorgesetzter mit diesem Ergebnis sehr zufrieden.«

»Zufrieden?«, fiel Hedda ihrem Chef ins Wort. »Wie kann er damit zufrieden sein. Wir haben höchstwahrscheinlich den Falschen erwischt und der wahre Mörder läuft immer noch frei herum.«

Mit einem verkniffenen Gesichtsausdruck wandte sich Jörg seiner jüngsten Mitarbeiterin zu. Er wusste genau, warum er gerade sie in seinem Team haben wollte, aber dennoch missfiel ihm ihr teilweise zu forsches Auftreten. »Und auf welche Annahme stützt du diese Vermutung?«, wandte er sich Hedda zu. »Hattest du wieder so ein Gefühl wie damals in Norddeich? Hast du wieder geträumt?«

Hedda schüttelte den Kopf. »Nein, aber wir haben herausgefunden, dass ein Unbekannter Navid, kurz vor dem geplanten Duell mit Moritz, mit einem vermeintlichen Aufputschmittel außer Gefecht

131

gesetzt hat.« Sie erzählte Jörg und Karsten ausführlich von ihrem Gespräch mit Bisaflor.

Nachdenklich schaute der Geheimdienstchef aus dem Hotelfenster. »Die beiden könnten auch unter einer Decke stecken«, sagte er, nachdem er zuvor fast eine ganze Minute lang auf die leere Wiese neben dem Hotelgebäude gestarrt hatte.

»Wie meinst du das?«, fragte Enno. Auf diesen Gedanken war er bisher noch nicht gekommen.

»Navid ist ein guter Kunde von diesem Bisaflor. Beide kennen sich wahrscheinlich schon lange. Es wäre doch denkbar, dass sie sich diese Story zusammen ausgedacht haben, um ihm im Nachhinein ein Alibi zu verschaffen. Den geheimnisvollen Typ mit der Baseballmütze und den langen Haaren gibt es vermutlich gar nicht«, erklärte Jörg seine Gedanken.

»Aber Moritz genauso zu töten, wie er es vor Zeugen angekündigt hat, war doch ein enormes Risiko. Warum sollte er das getan haben? Er hätte ihn doch auch erstechen oder erwürgen können. Dann wäre sein Alibi doch noch glaubwürdiger gewesen«, warf Hedda ein.

Karsten wackelte nachdenklich mit dem Kopf. »Wenn er uns aber glaubhaft machen wollte, dass ihm irgendjemand die Tat in die Schuhe schieben will, wirkt es viel überzeugender, wenn er es genauso gemacht hat, wie er es auch angekündigt hatte.«

»Ich denke, wir sollten uns jetzt aus dem Fall zurückziehen. Wir haben den Hauptverdächtigen gefasst. Alle Indizien sprechen gegen ihn. Nun liegt es an der Polizei, auch die nötigen Beweise zu finden«, setzte Jörg einen entschlossenen Schlussstrich unter die Diskussion. Er begann damit, den mobilen Flipchart wieder abzubauen.

Nein, das darf nicht sein. Irgendetwas stimmt bei der ganzen Sache nicht, dachte Hedda und schaute hilfesuchend Enno an. Dann kam ihr eine Idee, wie sie ihren Chef davon überzeugen konnte, die Ermittlungen doch noch nicht abzubrechen. »Ich habe aber geträumt, dass Navid es nicht war«, rief sie, ohne lange darüber nachzudenken.

Schlagartig waren alle Augen auf Hedda gerichtet.

»Aber du sagtest doch …« Jörg schaute sie verwundert an.

»Ich habe gelogen!«, unterbrach Hedda ihn. »Es war mir irgendwie unangenehm. Ich dachte, ihr haltet mich für bekloppt oder etwas in der Art, wenn ich euch davon erzähle«, log sie weiter.

Bei diesen Worten verdrehte Karsten die Augen. Jörg hatte ihm zwar von den vermeintlich übersinnlichen Kräften erzählt, die seine neue Kollegin haben könnte, aber er selbst glaubte kein bisschen an so einen Hokuspokus.

»Wir halten dich doch nicht für verrückt. Diese Fähigkeit ist doch einer der Gründe, warum du in unserem Team bist.« Jörg klang wie ein besorgter Vater, der seine verunsicherte Tochter beruhigen wollte. Er ging auf sie zu, beugte sich zu ihr herunter und legte ihr seine Hand auf die Schulter. »Wenn du geträumt hast, dass Navid es nicht war, dann ermitteln wir weiter.« Er ging zurück zum Flipchart und schlug die Seite wieder auf, auf der er die bisherigen Ergebnisse notiert hatte. »Karsten, was hat die Überprüfung des Handys und der Computer ergeben?«

Ungläubig starrte Karsten seinen Chef an. Er wollte nicht glauben, dass er die Ermittlungen wirklich nur deshalb fortsetzte, weil Hedda geträumt hatte. »In dem Smartphone, das ich diesem Navid abgenommen habe, habe ich keine weiteren Hinweise gefunden. Auch das Handy von Tjalda enthielt keine verdächtigen Daten. Ich habe mir daraufhin Zugriff auf ihren Rechner verschafft. Dabei bin ich auf einige E-Mails gestoßen, welche ihre Geschichte untermauern. Sie pflegt seit Jahren eine elektronische Brieffreundschaft mit einem jungen Mann aus Österreich. In ihren Nachrichten hat sie ihm geschrieben, wie sich Moritz immer mehr verändert hat, wie unglücklich sie zuletzt mit ihm war und dass sie nur mit Navid geschlafen hat, um diese Beziehung endgültig zu beenden. Außerdem konnte ich noch feststellen, dass sie in der Tatnacht stundenlang mit eben diesem Brieffreund gechattet hat. Die Sache wirkt absolut authentisch und ist keinesfalls manipuliert. Sie hat auf jeden Fall nichts mit dem Mord an ihrem Ex-Freund zu tun.«

Nachdenklich kaute Jörg auf seiner Unterlippe herum. »Und was ist mit den PCs im Hause Schepker/Möller?«

Karsten nahm einen Schluck Wasser. »Keinerlei Auffälligkeiten. An den PC des Mordopfers bin ich aber leider nicht herangekommen. Ich vermute, das Gerät wird ausgeschaltet in seinem Zimmer stehen. Ohne aktive Internetverbindung habe ich aber keine Zugriffsmöglichkeit.« Hilflos zuckte der IT-Fachmann mit den Schultern.

Jörg rieb sich mit den Handflächen über das Gesicht. »Wir haben also nur den Unbekannten mit den langen Haaren?«, fragte er betrübt.

»Und Moritz Ziehvater«, warf Hedda entschlossen ein. »Er war kurz vor dem Mord bei einem Fachanwalt für Erbrecht. Er hat also ein Motiv.«

»Hast du Dirk Möller schon überprüft?«, richtete Jörg sich wieder an Karsten.

»Ja. Er ist nicht gerade vermögend, hat bei seiner Bank aus meiner Sicht ein paar Kredite zu viel laufen, aber das dürfte kein Motiv für einen Mord am Sohn seiner Lebensgefährtin sein. Nicole Schepkers Finanzübersicht ist hingegen beeindruckend. Auf ihren Konten und Depots hat sie über drei Millionen Euro angelegt.«

»Was ist mit dem Amtsgericht? Hast du geprüft, ob nach dem Tod von Moritz leiblichem Vater ein Berliner Testament eröffnet worden ist?«, brachte sich jetzt auch Enno in die Diskussion ein.

»Mist!« Karsten schlug sich mit der flachen Hand vor die Stirn. »Das habe ich total vergessen.« Er erhob sich vom Bett und ging zu seinem Laptop hinüber, der auf dem länglichen Tisch unterhalb des Fernsehers stand. Wortlos tippte er auf der Tastatur herum, während ihm alle übrigen gespannt beobachteten. »Da ist es!«, sagte er nach wenigen Minuten und tippte mit dem Zeigefinger auf eine Stelle des Monitors.

Hedda, Enno und Jörg gingen sofort zu ihm und warfen einen Blick über seine Schulter.

»Wusste ich es doch!«, sagte Hedda triumphierend. »Durch das Berliner Testament von Nicole Schepker und ihrem verstorbenen Ehemann scheidet Dirk Möller als potenzieller Erbe definitiv aus. Da hätten wir also sein Motiv.«

»Was aber noch immer nichts bedeuten muss«, bremste Karsten die Euphorie seiner unerfahreneren Kollegin herunter.

»Mein Gefühl sagt mir aber, dass wir auf der richtigen Fährte sind«, entgegnete Hedda trotzig und erntete dafür ein erneutes Augenrollen des IT-Fachmanns.

»Schluss jetzt!«, forderte Jörg seine Mitarbeiter auf. »Karsten, wie kommen wir an die Daten von Moritz Schepkers Computer ran?«

Karsten überlegte kurz. »Jemand müsste ihn einschalten und mit dem WLAN verbinden oder …« Nachdenklich kratzte er sich am Kinn.

»Oder?«, fasste Hedda ungeduldig nach.

»Oder wir testen mein neuestes Spielzeug«, beendete der Computerprofi seinen letzten Satz. Das vorfreudige Lächeln auf seinem Gesicht verriet dabei eindeutig, dass er selbst die zweite Variante bevorzugte.

****

Gemeinsam hatte man beschlossen, dass es zu auffällig wäre, den PC in Moritz Kinderzimmer einfach anzuschalten. Karstens Ersatzlösung, die er bisher noch nie eingesetzt hatte, war da deutlich unauffälliger. Hedda und Enno mussten es lediglich schaffen, einen kleinen Stick in einen beliebigen USB-Port in Moritz Computer zu stecken. Das Gerät war nach dem Einführen so unscheinbar, dass lediglich nur noch ein Zentimeter davon zu sehen war.

»Und wenn das Ding im PC steckt, kann Karsten die WLAN-Verbindung extern aktivieren und auf die Daten zugreifen, ohne dass der Computer offensichtlich angeschaltet ist?«, fragte Hedda ihren Freund, während sie den kleinen Stecker in ihrer Hand vorsichtig betrachtete.

»So habe ich es auch verstanden«, antwortete Enno und zuckte dabei leicht mit den Schultern. Er konnte mit Computern ganz gut umgehen, aber bei solchem Spezialequipment hörte sein Fachwissen definitiv auf. »Wie wollen wir gleich vorgehen? Wir müssen davon ausgehen, dass Frau Schepker mittlerweile weiß, dass wir keine Streetworker aus Emden sind. Vielleicht lässt sie uns überhaupt nicht herein.«

Hedda hatte über diese Problematik auch schon nachgedacht. Bei ihrem Gespräch mit Bisaflor war sie mit einer Mischung aus Ehrlichkeit und Geheimniskrämerei erfolgreich gewesen. Vielleicht würde das in diesem Fall auch klappen. »Sieh mal!« Überrascht zeigte sie auf den Hauseingang, aus dem gerade Dirk Möller herauskam und sich in seinen Wagen setzte.

»Sehr gut. Dann ist Nicole Schepker wahrscheinlich alleine zu Hause. Das dürfte die Sache leichter machen. Moritz Stiefvater war bei unserem ersten Besuch schon nicht besonders kooperativ.« Enno zog Hedda am Jackenärmel. »Komm, die Gelegenheit sollten wir nutzen.«

135

»Du hast recht«, stimmte Hedda ihm zu. »Lass mich mit Frau Schepker reden. Ich glaube, ich habe da eine Idee, wie sie uns doch hereinlässt.«

Mit pochendem Herzen drückte Hedda auf den Klingelknopf. Angespannt schaute sie in das kleine Kameraobjektiv. *Ob sie uns schon zusieht?*

Überraschenderweise brummte der Türsummer, ohne eine vorherige Gegenfrage aus dem Lautsprecher. Entsprechend optimistisch erklommen Hedda und Enno die Stufen des Treppenhauses. Nicole Schepker erwartete sie bereits. Sie trug einen Bademantel und hatte sich ein Tuch um den Kopf gebunden.

Wo sind denn ihre Haare? Hedda fiel sofort auf, dass die dunkelblonden, leicht fettig glänzenden Haare, die ihr bei ihrem letzten Aufeinandertreffen ins Auge gestochen waren, plötzlich verschwunden schienen.

»Moin! Sie haben Glück, eigentlich wollte ich mich gerade hinlegen und schlafen. Wenn ich meine Tabletten genommen habe, weckt mich so schnell nichts mehr auf. Die Dinger knocken mich immer total aus.« Sie trat einen Schritt zur Seite und bat die beiden Ermittler herein.

»Das tut uns leid, wir wollen Sie auch wirklich nicht lange stören«, sagte Hedda verlegen.

»Ist schon in Ordnung.«

»Ist Ihr Mann auch zu Hause?«, fragte Enno, wohlwissend, dass dies nicht der Fall war.

»Wir sind nicht verheiratet. Dirk ist gerade zum Baumarkt gefahren. Er hat schon vor Wochen mit der Renovierung des Büros begonnen. Er ist nicht gerade der schnellste Handwerker, aber ich glaube, die Arbeit lenkt ihn ganz gut ab.«

Ob die Polizei überprüft hat, ob in seinem Werkzeugkasten ein Hammer fehlt?, schoss es Hedda durch den Kopf. »Wir wollten eigentlich nur ...«, begann sie eine Erklärung, wurde aber sofort von ihrer Gesprächspartnerin unterbrochen.

»Lassen Sie mich zunächst etwas sagen. Ich weiß, dass Sie nicht die sind, für die Sie sich ausgegeben haben. Es ist mir aber auch egal. Ich weiß von der Tochter meiner Nachbarin, was vorgefallen ist, als sie mit meinem Hund spazieren gegangen ist. Sie haben sie vor Harald beschützt, weil Sie dachten, ich wäre sie gewesen. Dafür möchte ich mich bei Ihnen bedanken. Sie waren doch der junge

Mann, der meinen ehemaligen Stalker zu Boden geworfen hat?« Sie schaute Enno mit einem durchdringenden Blick an.

Enno nickte stumm.

»Wir wollen nur den wahren Mörder ihres Sohnes finden. Mehr dürfen wir Ihnen leider nicht verraten«, sagte Hedda.

»Haben Sie auch dafür gesorgt, dass dieser Navid festgenommen worden ist? Die Polizei hat mir erzählt, dass man ihn in Wilhelmshaven verhaftet hat. Es gab wohl einen anonymen Anruf. Der Junge war mit Handschellen an eine Parkbank gekettet und musste von den Beamten quasi nur eingesammelt werden.«

Wieder nickte Enno zustimmend.

»Sie glauben aber trotzdem, dass er es nicht war?«, fragte Nicole Schepker ungläubig nach.

»Es gibt noch Restzweifel, denen wir nachgehen wollen«, bestätigte Enno ihre Vermutung.

»Ich vertraue Ihnen! Ich habe das Gefühl, dass Sie es wirklich ehrlich meinen. Wie kann ich Ihnen helfen?«

»Wir hätten da nur noch ein paar Fragen zu Ihrem Stalker. Dürfte ich vielleicht vorher schnell Ihre Toilette benutzten?« Verlegen lächelte Hedda Moritz Mutter an.

»Aber selbstverständlich. Die zweite Tür auf der linken Seite.« Nicole Schepker zeigte den Flur entlang.

»Dankeschön!« Sie schickte Enno einen vielsagenden Blick. »Fang du doch schon mal mit den Fragen an, dann sind wir schneller fertig und Frau Schepker kann sich eher ausruhen«, sagte sie zu ihm, ging in den Wohnungsflur und ließ scheinbar beiläufig die Wohnzimmertür hinter sich zufallen.

Behutsam öffnete sie die erste Tür zu ihrer Linken. Vor ihr lag eine Baustelle. *Das muss das Büro sein, von dem Nicole Schepker gesprochen hat. Anscheinend renoviert Dirk Möller es tatsächlich*, dachte sie und schloss die Tür vorsichtig wieder.

Dann ging sie zu der gegenüberliegenden Zimmertür und öffnete diese. Die Wände waren mit unzähligen Fußballpostern und halb nackten Frauen plakatiert. *Das muss es sein!* Sie schaute sich im Zimmer um, konnte aber nirgends einen Computer entdecken. Hektisch begann sie in den diversen Schubladen zu suchen. Wenn ihre Suche zu lange dauerte, würde Nicole Schepker bestimmt misstrauisch werden.

Bingo! Im untersten Fach eines kleinen Schrankes fand sie einen Laptop. Vorsichtig nahm sie ihn heraus und steckte den Stick in einen der seitlich angebrachten USB-Ports. Sie wollte das Gerät gerade zurücklegen, als ein Gedanke sie unruhig machte. *Funktioniert Karstens Wunderwaffe wohl auch, wenn der Akku des Laptops leer ist?* Sie durfte kein Risiko eingehen. Hastig holte sie das Ladekabel, das sie in der dazugehörigen Computertasche fand, und verband den Laptop mit einem Mehrfachstecker, der neben Moritz Nachtschrank versteckt lag. Danach schob sie das Gerät so weit wie möglich unters Bett. Nicole Schepker durfte es ja auf keinen Fall entdecken.

»Hedda? Ist alles in Ordnung bei Ihnen?«

Die Stimme von Moritz Mutter ließ die junge Ermittlerin aufschrecken. Instinktiv kroch sie unter das Bett und hielt den Atem an.

»Im Badezimmer ist sie nicht!«

»Ich habe keine Ahnung. Vielleicht hat sie …« Enno versuchte verzweifelt, eine Erklärung fürs Heddas Abwesenheit zu finden.

»Hedda?« Nicole Schepker stieß die Tür zum Zimmer ihres Sohnes auf. »Irgendwo muss sie doch sein.« Ihre Stimme entfernte sich wieder.

»Vielleicht ist sie kurz runter zum Wagen gegangen, um etwas zu holen«, rief Enno ihr so laut hinterher, dass auch Hedda es hören musste.

Guter Einfall!, dachte Hedda. *Aber wie soll ich jetzt unauffällig aus der Wohnung kommen?*

»Wir gehen am besten zurück ins Wohnzimmer. Sie wird sicher jeden Moment wieder auftauchen«, sprach Enno mit der Stimmlage, die auch Hedda immer wieder zu beruhigen vermochte.

Dann verstummten die Stimmen plötzlich. Hedda glaubte, eine Tür ins Schloss fallen gehört zu haben. Schnell kroch sie unter dem Bett hervor, eilte zur Zimmertür und warf einen vorsichtigen Blick durch den Türspalt. Das Wohnzimmer lag ganz am Ende des Flures. Enno hatte es anscheinend tatsächlich geschafft. Schnell huschte Hedda hinaus auf den Flur, schlich auf Zehenspitzen der Wohnungstür entgegen und öffnete diese ganz leise. Nur wenige Sekunden später ließ sie die Tür geräuschvoll wieder ins Schloss fallen.

»Ist alles okay mit dir? Wir haben uns Sorgen gemacht!« Enno kam in dem Moment auf sie zugestürzt, als sie die Wohnzimmertür geöffnet hatte. Er packte sie bei den Schultern und schaute ihr eindringlich in die Augen. Er wusste ja nicht, ob sie ihn vorhin tatsächlich gehört und seine Hintergedanken verstanden hatte.

»Ja, alles okay. Wieso?« Hedda setzte den verdutzten Gesichtsausdruck auf, den sie im Schauspielunterricht gelernt hatte.

»Sie waren so lange weg, und im Bad haben wir Sie nicht gefunden«, erklärte Nicole Schepker Ennos Besorgnis.

Hedda konnte in ihrem Gesicht keinerlei Argwohn erkennen. *Ob sie mir wirklich vertraut?* Sie beschloss, lieber auf Nummer sicher zu gehen und ihre Geschichte mit einem kleinen Detail noch etwas glaubwürdiger wirken zu lassen. »Ich brauchte dringend ein paar weibliche Hygieneartikel, hatte meine Handtasche aber im Auto vergessen.« Verlegen kräuselte sie die Nase.

***

Im weiteren Gespräch stellten Hedda und Enno ihr noch einige Fragen über Harald, den Stalker von der PTK-Demo, und Moritz Beziehung zu Tjalda. Auch über die immer rechter werdende politische Orientierung ihres Sohnes befragten sie sie, fanden dabei aber wenig Neues heraus. Letztendlich diente ihr Gespräch aber ja ohnehin nur der Ablenkung.

Wahrscheinlich sitzt Karsten schon längst an seinem Rechner und durchforstet die Festplatte von Moritz Laptop, dachte Hedda zufrieden, als sie beschloss, das Gespräch zu beenden. »Vielen Dank, dass Sie sich noch einmal Zeit für uns genommen haben. Wir möchten Sie dann jetzt auch nicht länger stören.«

»Sehr gerne! Immerhin wollten Sie ja nur helfen, den Mord an meinem Sohn aufzuklären.« Nicole Schepker gähnte. »Entschuldigung, aber die Tabletten machen mich unendlich müde. Ich muss mich jetzt wirklich hinlegen.«

»Wir sind schon weg! Schlafen Sie gut!« Enno ging zur Wohnungstür und öffnete diese. »Wir hoffen, dass es Ihnen gesundheitlich bald besser geht!« Betroffen presste er die Lippen zusammen. Gab es überhaupt eine Chance, dass es Moritz Mutter noch einmal besser ging? Sein Blick fiel auf ihr Kopftuch. *Ob ihr die Haare wegen einer Chemotherapie ausgefallen sind?*

Nicole Schepker lächelte ihn müde an. Sein Blick war ihr nicht entgangen. »Vielen Dank! Ich werde kämpfen, egal wie schlecht die

Chancen stehen. Ich habe mir erst gestern die Haare abrasiert, damit ich sie mir nicht irgendwann büschelweise vom Kopf rupfen muss.«

»Sie bekommen Chemotherapie?«, fragte Hedda betroffen.

Nicole Schepker nickte. »Aber so habe ich wenigstens die Möglichkeit, meine schicke neue Perücke zu tragen, die ich mir vorsorglich bereits vor ein paar Wochen gekauft habe.« Mit gespielter Euphorie öffnete sie einen kleinen Schrank unterhalb der Garderobe und holte eine schwarzhaarige Perücke heraus. »Schick, oder?«, fragte sie und präsentierte Hedda und Enno stolz ihr Haarteil.

Kapitel 13

Das fehlende Puzzlestück

Der erste Einsatz des USB-Sticks, den Karsten entwickelt und in Eigenregie hergestellt hatte, war ein voller Erfolg. Ohne Probleme konnte der Computerspezialist den Laptop in Moritz Zimmer aktivieren und eine Verbindung mit dem WLAN-Netzwerk der Wohnung herstellen.

Anschließend überprüfte er den Laptop mithilfe der Analysesoftware, die er bereits in Norddeich erfolgreich eingesetzt hatte. Dass sein Programm dabei mehrere pornografische Dateien fand, überraschte ihn nicht wirklich. Schließlich untersuchte er hier den Computer eines männlichen Teenagers. Jedoch fielen ihm auch einige Fotodateien auf, die Tjalda in ihrer glücklichen Beziehungsphase über Snapchat an Moritz geschickt haben musste. Der verstorbene Teenager hatte offensichtlich Screenshots von den Nacktbildern seiner damaligen Freundin gemacht, bevor der Messenger diese wieder endgültig löschen konnte.

Karsten griff über das Internet auf die Datenbank der Polizei zu und lud sich die Fotos hoch, die Moritz seiner Freundin, nach deren One-Night-Stand mit Navid, wütend vor die Füße geworfen hatte. Bei dem Abgleich der Bilder stellte er fest, dass es sich ausnahmslos um dieselben Aufnahmen handelte. Die Ablichtungen aus dem Polizeiarchiv waren jedoch mittels einer Bildbearbeitungssoftware so verfremdet und bearbeitet worden, dass ihre ursprüngliche Herkunft nicht mehr zu erkennen war. Die Fälschungen waren dabei so gut gemacht, dass Karsten durchaus nachvollziehen konnte, dass Moritz diese für echt gehalten hatte.

Aber wer könnte die Bilder manipuliert haben, und warum? Hatte Moritz vielleicht selbst seine Screenshots benutzt, um seiner damaligen Freundin ein Verhältnis mit Navid unterstellen zu können?

Neben den Fotos fand er jedoch noch etwas, dass seine Aufmerksamkeit erregte. Moritz hatte kurz vor seinem Tod mit seinem besten Kumpel gechattet:

Moritz: Du glaubst nicht, was ich vorhin heimlich mit angehört habe.

Jens: Was denn?

Moritz: Dirk hat meiner Mutter vor wenigen Minuten einen Heiratsantrag gemacht.

Jens: Unser alter Fußballtrainer will deine Mutter heiraten?

Moritz: Ja! Die sind doch auch schon voll lange zusammen.

Jens: Stört dich das nicht?

Moritz: Nein, seit dem Tod von meinem Dad war Dirk immer für mich da. Ich würde mich freuen, wenn er und meine Mutter heiraten würden.

Jens: Was hat deine Mutter denn geantwortet?

Moritz: Sie hat NEIN gesagt!

Jens: WAS?

Moritz: Ja, sie hat es auf ihre Krankheit geschoben, aber ich glaube, das war eine Ausrede.

Jens: Deine Mama ist krank?

Moritz: Ja, schon länger. Ich habe dir bisher nichts davon erzählt, weil ich es ihr versprechen musste. Sie wollte keine mitleidigen Blicke und so. Also, behalte es bitte für dich!!! Sie geht auch immer noch jeden Tag zur Arbeit, obwohl sie abends dann immer total fertig ist.

Jens: Ich sage es keinem. VERSPROCHEN! Klingt aber nicht gut. ☹

Moritz: Meine Mutter ist taff. Die haut so schnell nichts um.

Jens: Wieso glaubst du, dass sie Dirk angelogen hat?

Moritz: Ich denke, sie hat ihn noch nie wirklich geliebt. Sie hat meinen Vater früher immer ganz verträumt angeschaut. Das war bei Dirk noch nie so.

Jens: Hä? Warum ist sie denn dann mit ihm zusammen?

Moritz: Ich glaube, wegen mir.

Jens: Wegen dir? Wieso das denn?

Moritz: Vaterersatz!!!

Jens: Hast du ihr nie gesagt, dass du das vermutest?

Moritz: Nein!

Jens: Warum denn nicht?

Moritz: Ich wollte nicht, dass sie mit ihm Schluss macht. Es ist cool, dass er bei uns wohnt.

Jens: Klingt alles sehr kompliziert.

Moritz: That's life! Muss jetzt los! In 15 Minuten beginnt das Treffen der PTK-Jugend.

Jens: Gehst du immer noch da hin?

Moritz: Na klar! Komm doch mal mit!
Jens: Nein, danke! Das sind doch alles Nazis. ... Sorry!
Moritz: Gar nicht wahr! Wir versuchen nur, unsere Heimat zu
beschützen. Dirk sieht das übrigens genauso.
Nachdenklich lehnte sich der IT-Spezialist in seinem Bürostuhl
zurück. *Dirk Möller hat Nicole Schepker einen Heiratsantrag*
gemacht und war zu einer Beratung bei einem Anwalt für Familien-
und Erbrecht. Ob Hedda doch recht hat? Ob Moritz Ziehvater das
Vertrauen des Jugendlichen ausgenutzt hat, um ihn aus dem Weg zu
schaffen? Hatte er vielleicht geglaubt, mit dem Jungen gleichzeitig
auch das einzige Hindernis zwischen ihm und der erhofften
Erbschaft aus dem Weg zu räumen? Falls ja, lief ihm auf jeden Fall
die Zeit davon. Wäre Nicole Schepker an ihrer Krankheit zeitnah
verstorben, wäre es für ihn zu spät gewesen.
Plötzlich schoss ihm ein Gedanke durch den Kopf. Hektisch tippte
er auf der Tastatur herum, bis er die Information wiedergefunden
hatte, die er beim ersten Mal noch für belanglos hielt.

***

Hedda und Enno saßen in ihrem Hotelzimmer und ließen ihren
Besuch bei Nicole Schepker noch einmal Revue passieren.

»Halt mich jetzt bitte nicht für verrückt, aber seit ich die Perücke
gesehen habe, bin ich mehr denn je davon überzeugt, dass Dirk
Möller Moritz erschlagen hat«, sagte Hedda.

»Du meinst, der Mann mit den schwarzen Haaren, der Bisaflor
dafür bezahlt hat, dass er Navid ein Betäubungsmittel verkauft, war
in Wirklichkeit Nicoles Lebensgefährte?«, fragte Enno nach.

Hedda nickte. »Er hat sich das Haarteil bestimmt zur Tarnung
aufgesetzt. Durch die Baseballmütze war sie als Damenperücke
sicherlich nur schwer zu erkennen. Überleg doch mal, ansonsten
passt Bisaflors Beschreibung perfekt. Er ist extrem groß, hellhäutig
und er besitzt eine große Sammlung auffälliger Turnschuhe.«

»Stimmt, an die Turnschuhe habe ich noch überhaupt nicht gedacht.
Der halbe Flur stand ja voll von den Dingern. Ich dachte nur, die
Treter gehören Moritz.«, sagte Enno.

»Am Ende ist es doch vollkommen egal, wem sie gehörten. Wenn
beide ungefähr die gleiche Schuhgröße hatten, dann kann sich Dirk

Möller die Schuhe doch genauso ausgeliehen haben wie die Perücke.«, entgegnete Hedda.

»Das stimmt schon! Aber was ist mit dem Dialekt?«, grübelte Enno weiter.

»Den kann er doch nachgemacht haben.« Mit einer wischenden Handbewegung schob Hedda den Einwand gestenreich zur Seite.

»Aber meinst du nicht, Moritz Mutter wäre das Fehlen der Perücke aufgefallen?«

»Normalerweise schon, aber du hast sie doch selbst gehört. Nachdem sie ihre Tabletten genommen hat, schläft sie wie ein Stein. Dirk Möller hat wahrscheinlich nur darauf gewartet, bis sie eingeschlafen ist, hat sich das Haarteil und einen Hammer geschnappt und ist Moritz dann heimlich auf den Emder Wall gefolgt.«

Plötzlich klingelte es. Hedda nahm das alte Handy vom Nachttisch, nahm das Gespräch entgegen und aktivierte die Freisprecheinrichtung. »Moin Jörg! Gibt es was Neues?«

»Und ob!«, kam der Geheimdienstleiter sofort zur Sache. »Karsten hat mich gerade angerufen. Er hat den Laptop von Moritz überprüft. So wie es aussieht, hat Dirk Möller Fotos von Tjalda von der Festplatte geklaut und sie so bearbeitet, dass es für Moritz so aussehen musste, als stammten die Bilder tatsächlich von Navid.«

»So ein Arschloch!«, entfuhr es Hedda. »Er wollte die beiden Teenager also unbedingt gegeneinander aufbringen.«

»Davon müssen wir ausgehen. Mehr noch, es scheint wirklich so zu sein, dass er das Duell zwischen Navid und seinem Ziehsohn provoziert hat, um seinen Mord zu vertuschen. Wahrscheinlich war er wirklich auf das Erbe seiner todkranken Lebensgefährtin aus.«

»Nein!«, sagte Hedda entsetzt. »Auch wenn sie selbst diesen Verdacht erst aufgeworfen hatte, hätte sie sich aber dennoch lieber eine andere Erklärung für diese unglaubliche Tat gewünscht.

»Karsten hat bei seiner ersten Überprüfung der technischen Geräte in der Wohnung von Nicole Schepker auch die Alexa-Sprachassistenten überprüft. Dabei ist ihm etwas aufgefallen, was er zunächst nicht für relevant gehalten hatte. Wenige Tage vor dem Mord hat Dirk Möller Alexa nach einem Baumarkt in Sande gefragt.

»Sande?«, fragte Enno. »Das Sande, das in der Nähe von Wilhelmshaven liegt?«

»Genau das!«, bestätigte Karsten. »Er hat sich zunächst keine Gedanken darüber gemacht, weil Dirk Möller an diesem Tag auch beruflich in Sande zu tun hatte. Über seinen Browserverlauf wusste Karsten zudem auch, dass Dirk Möller gerade mit Renovierungsarbeiten in der Wohnung beschäftigt war. Darum hatte er die Anfrage zunächst als unwichtig eingestuft.«

»Und, was hat seine Meinung jetzt geändert?«, fragte Hedda.

Jörg erzählte ihr von dem Chat und dem abgelehnten Heiratsantrag. »In diesem Moment hielt Karsten es zum ersten Mal für möglich, dass du mit deiner Theorie recht hast und Dirk Möller tatsächlich der Mörder sein könnte.«

»Wusste ich es doch!«, kommentierte Hedda und erzählte ihrem Vorgesetzten anschließend von ihrer neuen Perücken-Theorie.

»Das könnte passen«, kommentierte der Geheimdienstleiter Heddas Überlegungen nachdenklich. »Wir haben Navid von einem Polizisten befragen lassen. Er kennt keinen großgewachsenen, hellhäutigen Mann mit schwarzen, schulterlangen Haaren.« Jörg machte eine kurze Pause, um seine Gedanken zu ordnen. Ein klopfendes Signal zeigte ihm an, dass ein weiterer Teilnehmer ebenfalls versuchte, ihn anzurufen. »Moment mal! Karsten ruft gerade auf der anderen Leitung an.«

Eine gefühlte Ewigkeit warteten Hedda und Enno gespannt darauf, dass Jörg das Gespräch mit ihnen wieder aufnahm.

»Was hat er gesagt?«, rief Hedda aufgeregt, als ihr ein Knacken im Telefonhörer signalisierte, dass ihr Chef wieder in die Leitung zurückgekehrt war.

»Er hat die Überwachungsbänder des einzigen Baumarktes überprüft, den es in Sande gibt. Dirk Möller war an dem Tag, als er auch beruflich in der friesländischen Gemeinde zu tun hatte, tatsächlich auch dort gewesen. Und jetzt ratet mal, was er dort gekauft hat.«

Kapitel 14

Die Mordnacht

Behutsam hatte Dirk Möller die Schlafzimmertür hinter sich geschlossen. Die Nebenwirkungen der Tabletten, die seine Lebensgefährtin wegen ihrer schweren Erkrankung einnehmen musste, hatten wieder einmal voll zugeschlagen. Sie schlief so tief und fest, dass selbst der Alarm eines Rauchmelders sie jetzt nicht aufwecken würde.

Aufgeregt ging er den Flur entlang und klopfte an Moritz Zimmertür. Nachdem der Jugendliche » Herein« gerufen hatte, öffnete er sie einen Spaltbreit und spähte hindurch. »Deine Mutter schläft. Bist du bereit?«

Moritz klappte seinen Laptop zu und drehte sich auf seinem Schreibtischstuhl zu seinem Ziehvater um. »Ich weiß nicht. Vielleicht sollte ich einfach hierbleiben. Warum soll ich mir an dem Typen die Finger schmutzig machen.«

Energisch stieß Dirk Möller die Tür auf, trat ins Zimmer und baute sich direkt vor dem Jugendlichen auf. »Du hast doch nicht etwa Schiss vor dem Kanaken, oder?«

»Nein, habe ich nicht!«, widersprach Moritz energisch. »Ich denke nur, dass er und meine Schlampe von Ex-Freundin es nicht wert sind.«

Dirk Möller schnaufte hörbar aus. Bis hierhin hatte er alles getan, um die beiden Heranwachsenden gegeneinander aufzuhetzen. Er hatte alles so akribisch geplant. So kurz vor dem Ziel durfte er einfach nicht scheitern. »Erinnerst du dich noch an den Tag, als wir diesen dreckigen Ausländer zufällig in der Stadt getroffen haben?«

Moritz nickte betroffen. »Das war nur zwei Tage, nachdem Tjalda mit ihm im Bett gelandet ist.«

»Du wolltest ihn zur Rede stellen, stattdessen hat er dich wüst beschimpft und öffentlich damit gedroht, dich mit einem Hammer zu erschlagen. Viele deiner Mitschüler haben das gehört. Willst du etwa, dass es in der Schule ab morgen heißt, du hättest vor dem Duell gekniffen? Du bist doch kein Feigling, oder etwa doch?«

»Nein, natürlich nicht.« Moritz Widerstand bröckelte.

»Das Arschloch ist mit deiner Tjalda durch die Stadt stolziert. Ich habe ihn gesehen, glaub mir, das hat er nur getan, um dich zu demütigen. Alle Welt sollte sehen, dass er dir die Freundin ausgespannt hat.« Jörg Möller präsentierte seinem Ziehsohn diese Lüge genauso emotionsgeladen wie beim ersten Mal.

»Du hast ja recht!« Moritz Augen funkelten jetzt vor Wut.

»Und zu guter Letzt schickt er dir auch noch diese Nacktbilder, die er von deinem Mädchen gemacht hat. Er hat Tjalda besudelt und gleichzeitig deine Ehre beschmutzt. Das darfst du dir von einem Kanaken einfach nicht gefallen lassen. Erst stehlen uns die Ausländer unsere Arbeitsplätze und dann unsere Frauen.«

Entschlossen sprang Moritz von seinem Schreibtischstuhl auf. »Und dann besitzt er auch noch die Dreistigkeit, mir das hier zu schicken.« Er nahm einen zusammengefalteten Zettel vom Schreibtisch, zerknüllte ihn und warf ihn wütend gegen die Wand.

Dirk Möller bückte sich, hob das Papierknäuel auf und steckte es in seine Hosentasche. Er musste das Beweismittel, auf dem er mit ausgeschnittenen Zeitungsbuchstaben die Herausforderung zum Duell noch einmal schriftlich formuliert hatte, unbedingt vernichten, sobald alles vorbei war. Schließlich hatte er den Brief nur gemacht, um sicherzugehen, dass Moritz die Herausforderung zum Duell auch wirklich ernst nahm. Einen vergleichbaren Brief hatte er aus demselben Grund auch in Navids Briefkasten geworfen.

»Den Drecksack mache ich fertig!« Moritz schlug mit der Faust seiner rechten Hand mehrmals hintereinander in die Innenfläche seiner linken. Dann ging er in den Flur hinaus, zog sich die Schuhe an und warf sich eine Jacke über. »Was machst du da?«, fragte er irritiert, als er sah, dass auch sein Ziehvater sich wetterfest anzog.

»Ich komme mit dir!«

»Was? Damit der Kanake hinterher überall herumerzählen kann, dass ich meinen Vater …« Er stockte kurz. Unbeabsichtigt hatte er Dirk zum ersten Mal als seinen Vater bezeichnet. »… als Beschützer mitgebracht habe.«

In seinen Augen erkannte Dirk Möller tiefe Entschlossenheit. Hatte er es zu weit getrieben, als er an die Ehre des Heranwachsenden appelliert hatte? Um sicherzugehen, beschloss er, ganz tief in die emotionale Trickkiste zu greifen. Er streckte beide Arme aus und packte Moritz mit seinen Händen an den Schultern. »Mein Junge, ich liebe dich wie meinen eigenen Sohn und ich bin sehr stolz darauf, was für ein mutiger Mann aus dir geworden ist.« Er ließ das Gesagte kurz auf ihn wirken. »Aber manchmal braucht es nicht nur Mut, sondern auch Cleverness. Du kämpfst gegen einen Gegner ohne Ehre. Wer sagt dir denn, dass der Kanake nicht seine ganze Gang mitbringt.« Er packte mit beiden Händen zu und schüttelte ihn.»Lass mich dich begleiten. Nur zur Sicherheit. Ich verstecke mich im Gebüsch und komme nur heraus, wenn er nicht nach den Regeln spielt, okay?«

Unsicher schaute Moritz seinen Ziehvater an. Er hatte so viel von ihm gelernt. Er wollte unbedingt, dass er stolz auf ihn war. Andererseits verspürte er aber auch Angst vor dem bevorstehenden Duell. Mit ihm an seiner Seite würde er sich auf jeden Fall deutlich sicherer fühlen. »Du hast wie immer recht!«, sagte er, lächelte erleichtert und legte seine Hände jetzt ebenfalls auf die Schultern seines Gegenübers.

Gemeinsam holten sie ihre Räder aus dem Fahrradkeller. Als Dirk Möller sein Zweirad gerade auf den Bürgersteig hinausschieben wollte, blieb er plötzlich abrupt stehen und wies Moritz hektisch an, zurück in den Keller zu gehen.

»Was ist denn los?«, fragte dieser unsicher, als er ein paar Schritte rückwärts gegangen war.

»Da draußen war der alte Bruns mit seiner Töle«, flüsterte Dirk Möller ihm zu und legte beschwörend seinen Zeigefinger vor die Lippen.

»Ja, und?«, flüsterte Moritz zurück, nachdem er einige Sekunden lang stumm abgewartet hatte.

»Wenn der uns gesehen hätte, hättest du deiner Mutter morgen erklären können, warum wir mitten in der Nacht mit den Fahrrädern herumgefahren sind. Du kennst den alten Sabbelkopf doch.« Dirk Möller wühlte in seinen Taschen herum und holte zwei schwarze Mützen heraus.

»Wo hast du die hässlichen Dinger denn her?«

»Halt die Klappe und setzt das Ding auf. Zieh dir das Teil so tief wie möglich ins Gesicht. Je weniger Leute uns erkennen, umso besser.«

Auf Schleichwegen und über Nebenstraßen radelten die zwei ihrem Ziel entgegen. Angespannt hielt Dirk Möller nach nächtlichen Passanten Ausschau. Wenn ihn jetzt jemand erkennen würde, war sein ganzer Plan für die Katz. Außerdem hoffte er inständig, dass der fette Dealer sein Wort gehalten hatte. Sein Plan würde zwar wahrscheinlich auch dann funktionieren, wenn Navid pünktlich zum

Duell erscheinen würde, aber keinesfalls durfte der Ausländer zu früh am vereinbarten Treffpunkt auftauchen.

Nach etwa zehn Minuten erreichten sie schließlich den Wall. Zu dieser späten Uhrzeit war die Parkanlage nicht mehr beleuchtet und die Lampen an ihren Rädern waren ihre einzigen Lichtquellen.

»Wir müssen nach rechts«, protestierte Moritz, nachdem sein Ziehvater direkt vor seiner Nase nach links abgebogen war.

»Ich muss nur noch was holen.« Dirk Möller bremste ab, stieg vom Rad und ging einige Meter auf einen in der Dunkelheit liegenden Busch zu. Nachdem er ein wenig zwischen den dichten Ästen herumgewühlt hatte, kam er mit einem länglichen Gegenstand in der Hand zurück.

»Scheiße, ist das ein Hammer?«, fragte Moritz erstaunt.

»Ein Vorschlaghammer«, konkretisierte Dirk, holte aus und ließ das Schlagwerkzeug mit so viel Wucht auf die Rasenfläche heruntersausen, dass der eiserne Kopf in der feuchten Erde stecken blieb. Es kostete ihn einige Mühe, den Hammer anschließend wieder aus dem Boden herauszuziehen.

»Was hast du damit vor?«, fragte Moritz erschrocken.

»Keine Sorge, ich brauche ihn nur, falls wir dem kleinen Ausländer ein wenig Angst einjagen müssen.« Mit einem breiten Grinsen zwinkerte er seinen Ziehsohn zu, klemmte den Hammer auf seinem Gepäckträger fest und fuhr in die entgegengesetzte Richtung zurück.

Etwa zwanzig Meter vor dem vereinbarten Treffpunkt hielten sie erneut an und versteckten ihre Räder hinter einem hohen Gebüsch.

»Wir sind viel zu früh dran!«, sagte Moritz, nachdem er einen Blick auf seine Armbanduhr geworfen hatte.

Erleichtert schaute auch Dirk Möller auf seine Uhr. »Wir sind nicht zu früh, sondern genau rechtzeitig. So haben wir jedenfalls die Chance, genau zu beobachten, ob der Kanake auch wirklich alleine kommt.«

Erleichtert lachte Moritz kurz auf. »Du denkst auch wirklich an alles. Ich bin echt froh, dass du mitgekommen bist.«

»Ist doch Ehrensache!« Aufmunternd klopfte er dem Teenager auf die Schulter. »Komm, wir schauen uns das Schlachtfeld an.« Mit dem linken Arm umarmte er Moritz, während er mit seiner rechten Hand den hölzernen Griff des Vorschlaghammers umklammerte.

»Am besten hockst du dich dort hin«, sagte er, nachdem sie den vereinbarten Treffpunkt erreicht hatten, und zeigte auf eine kleine Mulde zwischen zwei eng nebeneinanderstehenden Büschen.

»Warum?«, fragte Moritz irritiert.

Genervt verdrehte Dirk Möller die Augen. »Damit dich dieser Navid nicht gleich sieht, wenn er hier mit einer Bande von Kanaken anrückt und du so noch die Chance hast, dich durch das Unterholz aus dem Staub zu machen.«

»Na klar! Gute Idee!« Moritz hockte sich genauso hin, wie es ihm sein Ziehvater gesagt hatte. »Aber es ist so dunkel, ich kann doch überhaupt nichts sehen.«

»Das musst du auch nicht. Dein Gegner kann nur von dort kommen.« Dirk Möller zeigte in die Richtung, in der die beiden auch ihre Räder versteckt hatten. »Ich werde jetzt ungefähr fünfzig Meter zurückgehen und mich dort ebenfalls verstecken. Wenn ich jemanden kommen höre, mache ich dieses Geräusch.« Er formte die Hände zu einem Trichter und imitierte den Ruf einer Eule. »Wenn ich aber merke, dass Navid nicht alleine kommt, mache ich dieses Geräusch hier.« Jetzt imitierte er den Ruf einer Taube. »Dann siehst du zu, dass du Land gewinnst, okay?«

Moritz nickte. »Danke!«, sagte er.

»Nichts zu danken! Und jetzt richte die Augen geradeaus. Nicht das der Feind genau in dem Moment anrückt, in dem ich mich in mein Versteck schleiche.«

Wie ein treuer Soldat neigte Moritz seinen Kopf in die angegebene Richtung. Vor ihm lag die absolute Ruhe und Dunkelheit der Nacht, die jedoch alsbald von einem zuckenden, grellen Lichtblitz und einem unendlichen Schmerz durchbrochen wurde, als der Vorschlaghammer mit voller Wucht auf seinen Hinterkopf prallte und seine Schädeldecke zum Platzen brachte.

Hastig verließ Dirk Möller den Tatort, holte sein Fahrrad und radelte zu dem Versteck zurück, aus dem er das Mordwerkzeug geholt hatte. Er schnappte sich den Jutebeutel, der immer noch dort verborgen lag, ließ den blutverschmierten Hammer hineingleiten und fuhr Richtung Innenstadt. Da es ihm zu riskant erschienen war, die Tatwaffe in einem der nahe liegenden Gewässer zu versenken, warf er sie stattdessen, in den weiter entfernten Ratsdelft. Er war sich sicher, dass die Polizeitaucher ihn hier nicht suchen würden. Seine mit Blutspritzern besudelte Jacke warf er in einen öffentlichen

Müllcontainer. Dann fuhr er nach Hause, zog seinen Schlafanzug an und legte sich zu seiner im Tiefschlaf versunkenen Lebensgefährtin ins Bett.

Kapitel 15

Die Versöhnung

Eine Woche später waren Hedda und Enno ganz alleine in ihrer Wohnung. Der ehemalige Polizist hatte sich stark erkältet und lag mit Fieber auf dem Sofa. Die junge Ermittlerin huschte durch die Wohnung und versuchte, alles für einen gemütlichen Abend zu zweit vorzubereiten. Nach ihrer Rückkehr aus Emden hatten beide noch einmal erfolglos versucht, die angespannte familiäre Situation zu verbessern. Zwischen Enno und seinem Vater herrschte unverändert Funkstille, während sich die Kommunikation zwischen Hedda und ihrer Familie weiterhin auf das Nötigste beschränkte.

»Bist du sehr traurig?«, krächzte Enno mit heiserer Stimme.

Hedda setzte sich neben seine Füße und legte ihm eine Hand auf den Unterschenkel. »Ein wenig schon«, gab sie ehrlich zu und lächelte dabei traurig. »Aber ich musste gerade an die arme Nicole Schepker denken. Sie ist viel schlimmer dran. Wir haben wenigstens noch uns. Sie ist ganz alleine und muss zudem noch damit fertig werden, dass ihr Lebensgefährte ihren Sohn mit einem Hammer erschlagen hat.«

Nachdem Jörg alle belastenden Hinweise, die seine Spezialeinheit gegen Dirk Möller ermittelt hatte, an die Kriminalpolizei weitergeleitet hatte, hatte diese sämtliche Ermittlungen auf den Lebensgefährten von Nicole Schepker konzentriert. Die Beamten hatten unter anderem die Strecke zwischen dem Tatort und der Wohnung des Verdächtigen abgesucht und waren dabei schnell auf die Jacke mit den Blutspritzern gestoßen. Kurz darauf fanden Taucher auch die Tatwaffe im Ratsdelft. Dirk Möller hatte noch am selben Tag die Tat gestanden.

»Und todkrank ist die Arme auch noch. Vielleicht bleiben ihr nur noch wenige Wochen.« Traurig blickte Enno zu Boden.

In diesem Moment klingelte sein Smartphone. Er nahm das Gerät vom Couchtisch und schaute auf das Display. »Es ist Ilias«, sagte er zu seiner Freundin und nahm das Gespräch entgegen.

»Moin Ilias, was gibt´s?«

»Alter, du musst sofort den Fernseher anmachen. Wir sind auf dem Dritten gleich live im TV.«

»Alles klar!« Enno beendete das Telefonat und bat Hedda darum, ihm die Fernbedienung zu bringen. Er schaltete den Flatscreen ein und wählte das Regionalprogramm aus der Senderliste aus.

»Ist was passiert?«, fragte Hedda neugierig.

»Ilias hat gesagt, die Jungs wären gleich live im Fernsehen.«

Gebannt schauten die beiden auf den Monitor. Die Fernsehbilder zeigten das Außengelände der Halle, in der auch das Konzert stattgefunden hatte. Aus dem Off sprach die Stimme eines Moderators und erklärte den Zuschauern, dass hier erst gestern ein äußerst erfolgreiches Rap-Konzert stattgefunden hatte, das von einem Wilhelmshavener Streetworker und mehreren Jugendlichen organisiert worden war und dessen Einnahmen den hiesigen Obdachlosen zugutekommen sollen.

Dann gab es einen Schnitt und die Kamera zeigte einen Reporter, der direkt neben fünf Jugendlichen stand. Es waren Ali, Ilias, Kaya, Tarek und Amar. Als Enno seine Jungs dort stehen sah, war er unglaublich stolz auf sie. Trotz der Störversuche der PTK und der Verhaftung von Navid hatten die Fünf sich in seiner Abwesenheit immer wieder zusammengerauft und erfolgreich an den Vorbereitungen für das Konzert gearbeitet.

»Bei mir stehen jetzt die fünf Jugendlichen, die das Konzert nicht nur mitorganisiert haben, sondern auch als Rapper auf der Bühne standen. Was hat euch zu dieser tollen Aktion bewogen?« Der Reporter hielt Ali das Mikrofon unter die Nase.

»Die Frage ist nicht was, sondern wer«, grinste Ali in die Kamera. »Die Idee stammt von unserem Streetworker Enno, der heute leider krank auf dem Sofa liegt. Enno, kannst du uns sehen? Wir sind im Fernsehen.«

Ali, Ilias, Kaya, Tarek und Amar riefen gleichzeitig lautstark Ennos Namen in das Mikrofon.

Enno kullerte eine Träne aus dem Augenwinkel. Er wäre jetzt zu gerne bei seinen Jungs, um mit ihnen den Triumph zu feiern. Aber auch ohne seine Krankheit hätte ihm Jörg den TV-Auftritt sicherlich verboten. Als Mitglied einer Geheimeinheit, die auch zukünftig Mordfälle in ganz Ostfriesland aufklären sollte, konnte er sich eine derartige Medienpräsenz einfach nicht erlauben.

Nachdem auch der Reporter den erkrankten Streetworker gegrüßt hatte, richtete er seine nächste Frage an Ilias. »Euer Konzert war ausverkauft und ihr habt richtig viel Geld für die Obdachlosen eingenommen. Was wolltet ihr mit dieser großartigen Aktion erreichen? «

»Wir wollten einfach ein Zeichen setzen. In der Gegend, in der wir wohnen, passiert nicht immer nur Gutes. Viele, die dort wohnen, kommen aus schwierigen Verhältnissen, sprechen die deutsche Sprache nicht richtig oder haben Probleme, sich zu integrieren. Wir hingegen haben in unserem bisherigen Leben sehr viel Glück gehabt und sind oft unterstützt worden. Deshalb waren wir jetzt einfach mal an der Reihe, etwas Gutes für die Hilfsbedürftigen dieser Gesellschaft zu tun.«

»Das ist euch gelungen.« Der Reporter stellte auch den übrigen Jugendlichen noch ein paar Fragen, ehe er sich von ihnen verabschiedete und zusammen mit dem Kameramann auf einen mobilen Imbisswagen zuging. »Und das Konzert war noch lange nicht alles, was diesen tollen Jungs eingefallen ist«, machte er die Überleitung spannend.

»Weißt du, wovon er redet?«, fragte Hedda.

»Ich habe keine Ahnung!«, antwortete Enno. Mühsam richtete er sich auf und starrte mit großen Augen auf den Fernseher. »Das … das ist ja Navid.« Ungläubig zeigte Enno auf den jungen Mann, neben dem der Reporter jetzt stehen geblieben war.

»Dieser junge Mann stand zwar nicht auf der Bühne, dafür hatte er eine andere tolle Idee. Mögen Sie uns kurz erzählen, was das alles mit dem Imbisswagen hier zu tun hat.« Die Kamera schwenkte kurz über den Imbisswagen und die davorstehende Menschenschlange.

»Sehr gerne«, sagte Navid. »Es gab eine politische Partei, die vor unserem Auftritt unzählige Flyer verteilt hat, in denen indirekt zum Boykott des Konzertes aufgerufen wurde. Ich habe daher mit meinem Landsmann Achmed gesprochen, der hier in der Stadt mehrere Döner-Läden hat. Wir haben dann gemeinsam die Idee entwickelt, dass pro Besucher, der uns mindestens eines dieser Flugblätter zur Veranstaltung mitbringt, ein Döner an die Obdachlosen verschenkt wird. Das ursprünglich für heute geplante Festessen, das aus den gestrigen Einnahmen finanziert werden soll, haben wir auf nächste Woche verschoben. So haben die Obdachlosen gleich zweimal einen Grund zur Freude.« Navid grinste in die Kamera. »Außerdem haben wir so etwas mehr Zeit für die Organisation. Wir haben gemerkt, dass ein einziger Tag dafür einfach nicht ausreichend war.«

154

Enno konnte seine Emotionen nicht mehr kontrollieren. Ungehemmt begann er zu weinen. Er war so stolz und glücklich, dass er den Streit mit seinem Vater und Heddas Familie für einen kurzen Moment vollkommen vergessen hatte.

Plötzlich klingelte es an der Haustür.

»Wer kann das denn sein?« Hedda schaute Enno stirnrunzelnd an und ging zur Tür. Vorsichtshalber warf sie einen prüfenden Blick durch den Türspion. Als sie die Besucher vor ihrer Wohnungstür erkannte, riss sie voller Freude die Tür auf. »Was macht ihr denn alle hier?«, rief sie und fiel als erstes ihrem Onkel Willm in die Arme. Danach umarmte sie ihre neue Tante Doris, ihre Mutter, ihren Vater und zu guter Letzt Bento Frerichs. »Kommt rein! Enno, schau mal, wer alles da ist.«

Enno hatte sich längst vom Sofa aufgerafft und stand bereits direkt hinter seiner Freundin. »Das ist aber eine tolle Überraschung! Schön, dass ihr alle da seid! Ich umarme euch lieber nicht, ich bin …«

Doch in diesem Moment drückte ihn Willm bereits an seine breite Brust. »Über Krankheiten, Umzüge und seltsame Berufswechsel wird heute nicht gesprochen«, scherzte er und lachte dabei herzhaft auf.

»Aber wir sind auf so viel Besuch überhaupt nicht vorbereitet.« Hilflos schaute sich Hedda in der Wohnung um. *Wo sollen die nur alle sitzen, und was soll ich ihnen nur zu Essen anbieten?*

»Darum kümmere ich mich. Wo ist die Küche?« Doris quetschte sich mit zwei großen Kühltaschen an Hedda vorbei. Sie hatte nach ihrer letzten Schicht im Imbiss jede Menge Würstchen, Frikadellen und Kartoffelsalat mitgebracht.

Während Willm seiner neuen Frau in der Küche half, zeigte Enno seinem Vater die Wohnung. Hedda stand ganz alleine mit ihren Eltern im Wohnzimmer. Sie wusste, dass die beiden hier waren, war ein großes Zeichen der Versöhnung. So wie sie ihre Eltern kannte, war ihnen dieser Schritt sicher nicht leichtgefallen. *Oder sind sie etwa nur gekommen, weil Willm sie dazu überredet hat?* Verunsichert blickte sie in die nahezu regungslosen Gesichter ihrer Eltern. Sie rang nach Worten, wollte irgendetwas tun, um der unangenehmen Situation zu entkommen, aber sie fühlte sich wie erstarrt. Ein dicker Kloß steckte ihr im Hals. »Ich … Wollt ihr vielleicht … Können wir …«, versuchte sie vergeblich, gegen das Fremdkörpergefühl in ihrem Rachen anzusprechen. Tränen stiegen

155

ihr in die Augen und es kostete sie alle noch verbliebene Kraft, nicht sofort loszuheulen.

Auch in den Augen von Heddas Mutter sammelte sich Feuchtigkeit. Als sie es nicht mehr länger aushielt, machte sie einen Schritt auf ihre Tochter zu und drückte sie ganz fest an sich. »Wir dürfen es nie wieder so weit kommen lassen«, schluchzte sie ihr ins Ohr.

Jetzt brachen auch bei Hedda alle Dämme. »Ich wollte euch nie enttäuschen.« Die Tränen, die sie seit Monaten unterdrückt hatte, liefen ihr nun alle auf einmal über die Wangen.

Während sich seine beiden Frauen heulend in den Armen lagen, stand Heddas Vater immer noch wie angewurzelt an seinem Platz. In ihm tobte ein Kampf mit ungewissem Ausgang. Er war schon immer ein sehr rationaler, nüchtern denkender Mensch gewesen. Dass seine Tochter bei ihrer Zukunftsplanung so gar nicht auf seine Lebenserfahrung hören wollte, konnte er bis heute nicht verstehen. Er war auch nur deshalb mit hierhergekommen, weil seine Frau ihn inständig darum gebeten hatte. Doch die emotionale Gefühlsentladung, die sich direkt vor seinen Augen abspielte, löste etwas in ihm aus, das er so noch nicht kannte.

Er räusperte sich, um das unangenehme Kratzen in seinem Hals loszuwerden. Doch es verschwand nicht. Stattdessen schauten ihn seine Frau und seine Tochter plötzlich aus verheulten Augen an. Wie von einer unsichtbaren Kraft geleitet, trat er auf die beiden zu und schlang seine Arme um sie. »Ich möchte doch nur, dass ihr glücklich seid!«, schluchzte er und vergrub seinen Kopf in ihren Schultern, damit niemand sonst seine Tränen bemerken konnte.

Epilog

Seit der Versöhnung mit ihren Familien waren schon wieder fünf Monate vergangen. Eine Zeit, in der sich Hedda und Enno fast schon an so etwas wie ein normales Leben gewöhnt hatten. Sie hatten schon lange keine Leiche mehr gesehen, und auch zu Jörg und den anderen Mitgliedern der Spezialeinheit gab es keinerlei Kontakt.

Enno kümmerte sich weiterhin mit Herzblut um seine Aufgaben als Streetworker. Die Arbeit mit den Jugendlichen bedeutete ihm wirklich sehr viel und machte ihm meistens auch großen Spaß. Den Wechsel von der Polizei hätte er deshalb selbst dann nicht bereut, wenn er nicht noch ab und an schwierige Mordfälle aufklären dürfte.

Auch Hedda war fleißig gewesen und hatte vor wenigen Wochen ihren ersten Kriminalroman fertiggestellt. Ihre Erfahrungen aus den bisherigen Ermittlungen hatten ihr dabei sehr geholfen, dennoch musste sie darauf achten, nicht zu viel von ihrem Erlebten in den Roman einfließen zu lassen. Schließlich durfte niemand eine Parallele zwischen der neuen Autorin und der blutjungen Ermittlerin entdecken.

Mit dem Verlag hatte sie sich darauf verständigt, alle ihre Werke unter dem Pseudonym »Hedda Müller« zu veröffentlichen. Ihr gefiel die Kombination aus ihrem echten Vornamen und dem Nachnamen der erfundenen Reporterin, deren Scheinidentität ihr bei den Ermittlungen schon oft geholfen hatte.

Aufgeregt klappte Hedda den Laptop auf. Irgendwann in den nächsten Stunden sollte ihr Roman zumindest als E-Book in den Onlineshops erhältlich sein. Sie war so aufgeregt, dass sie schon seit Tagen ein flaues Gefühl im Magen hatte und ungewöhnlich häufig auf die Toilette musste. Würden die Leser ihr Buch mögen oder würde ihr Roman mit bösen und abwertenden Kritiken überzogen werden, wie sie es bei anderen Autoren schon beobachten konnte? Manche Leser schienen ihre reine Freude daran zu haben, die Träume der hoffnungsvollen Schreiberlinge mit einem lauten Knall zerplatzen zu lassen.

Mit zitternden Händen gab sie ihr Pseudonym in die Suchleiste des Online-Buchhändlers ein und betätigte die Enter-Taste.

Da ist es! Hedda stieß einen lauten Jubelschrei aus. Am liebsten hätte sie jetzt die ganze Welt oder wenigstens Enno umarmt, aber der war gerade leider beruflich unterwegs. Mit irgendjemanden musste sie jetzt unbedingt ihr Glück teilen.

Sie nahm ihr Handy zur Hand und öffnete auf dem kleinen Gerät die gleiche Internetseite, die sie vor sich auf dem Laptop sah. Dann kopierte sie den Link und teilte ihn über WhatsApp und die sozialen Medien mit allen Freunden und Verwandten.

Die erste Reaktion ließ nicht lange auf sich warten. Das Vibrieren ihres Smartphones zeigte einen eingehenden Anruf an. »Gesa«, rief Hedda glücklich in den Hörer. »Wir haben uns viel zu lange nicht mehr gesehen.«

Nachdem Gesa ihr zu der Veröffentlichung gratuliert und versprochen hatte, sich das Buch noch am selben Tag auf ihren E-Book-Reader herunterzuladen, vereinbarten die Freundinnen einen Termin, um mal wieder gemeinsam etwas zu unternehmen.

Sie telefonierten schon fast eine halbe Stunde lang miteinander, als Hedda plötzlich einen Ton vernahm, den sie schon sehr lange nicht mehr gehört hatte. Sie brauchte ein paar Sekunden, bis sie das elektronische Geräusch wieder zuordnen konnte. Es war ihr altes Diensthandy. Aufgeregt unterbrach sie das Gespräch mit Gesa, versprach aber, sie noch am selben Tag zurückzurufen.

Das Diensthandy klingelte mittlerweile schon fast zwei Minuten ohne Unterbrechung. *Es muss also wirklich wichtig sein*, dachte Hedda aufgeregt und nahm das Gespräch entgegen. »Hallo, Jörg.«

»Moin Hedda«, begrüßte sie der Geheimdienstleiter hektisch. »Wie schnell könnt ihr am Emder Außenhafen sein?«

»Enno ist bei der Arbeit … Ich weiß nicht genau … Wieso?« Hedda fühlte sich mit der Beantwortung der Frage leicht überfordert.

»Ruf Enno an und kläre das mit ihm. Ihr müsst die nächstmögliche Fähre nach Borkum nehmen. Ruft mich an, wenn ihr die Zeit abschätzen könnt. Alle weiteren Informationen gebe ich euch dann auf dem Schiff.«

ENDE

Ostfrieslandkrimi-Empfehlungen
des Klarant Verlages

Kennen Sie schon die übrigen Bände der Ostfrieslandkrimi-Serie **»Hedda Böttcher ermittelt«** von Thorsten Siemens?

»Tod in Neermoor«, Band 1
Taschenbuch ISBN: 978-3-95573-782-5
eBook ISBN: 978-3-95573-783-2

Im beschaulichen Neermoor wird eine grausam verstümmelte Leiche gefunden. Hedda Böttchers kriminalistischer Spürsinn wird geweckt und hartnäckig macht sie sich auf Spurensuche. Als kurz darauf ein weiteres Mordopfer gefunden wird, liegt der Verdacht nahe, dass man es mit einem Serienkiller zu tun hat. Aber welche Verbindung gibt es zwischen den Opfern? Die Polizei tappt im Dunkeln und auch Hedda kommt mit ihren Ermittlungen nicht wirklich weiter. So ist das sportliche Großereignis in Neermoor, die Ostfriesland-Olympiade, eine willkommene Abwechslung. Doch dann schlägt der Täter ein drittes Mal zu und Hedda gerät in tödliche Gefahr ...

»Tod auf Langeoog«, Band 2
Taschenbuch ISBN: 978-3-95573-861-7
eBook ISBN: 978-3-95573-863-1

»Tod in Norddeich«, Band 3
Taschenbuch ISBN: 978-3-95573-915-7
eBook ISBN: 978-3-95573-916-4

Klarant Verlag

Lernen Sie die Ostfrieslandkrimi-Titel des Klarant Verlages kennen und besuchen Sie uns im Internet unter:

www.ostfrieslandkrimi.de

und

www.klarant.de

Sie können dort Näheres über unsere Autoren erfahren, viele weitere interessante Bücher und eBooks finden und Leseproben herunterladen. Mit dem kostenlosen Newsletter auf

www.ostfrieslandkrimi-lesen.de

erhalten Sie aktuelle Informationen rund um das Verlagsprogramm, wie beispielsweise spannende Neuerscheinungen und Gewinnspiele.